名人堂

系列 主编 中岛 陈树照

汪春茂·著

走上生活之岸

文汇出版社

图书在版编目（ＣＩＰ）数据

走上生活之岸 / 汪春茂著. -- 上海 ： 文汇出版社，
2017.9
（《名人堂》系列 / 中岛，陈树照主编）
ISBN 978-7-5496-2315-0

Ⅰ．①走… Ⅱ．①汪… Ⅲ．①诗集—中国—当代
Ⅳ．①I227

中国版本图书馆CIP数据核字（2017）第216755号

走上生活之岸

著　　者 / 汪春茂
责任编辑 / 熊　勇
特约编辑 / 吴雪琴　于金琳　季天乐
策　　划 / 任喜霞　索新怡　崔时雨
装帧设计 / 蒲伟生

出版发行 / 文匯出版社
　　　　　上海市威海路755号
　　　　　（邮政编码200041）
印刷装订 / 大厂回族自治县聚鑫印刷有限责任公司
版　　次 / 2017年11月第1版
印　　次 / 2017年11月第1次印刷
开　　本 / 880×1230　　1/32
字　　数 / 130千
印　　张 / 7.5

ISBN 978-7-5496-2315-0
定　　价 / 42.00元

· 总序 ·

新诗的变革时代已经到来

中 岛

博客中国 "2017中国诗歌助力计划" 必将成为中国新诗历史上最具影响力的诗歌事件，诗人《名人堂》系列的宏大，也必将与 "中国诗歌助力计划" 一道，对中国新诗发展历程产生深远的影响。这是一项前所未有的浩大的中国新诗呈现工程，它的价值在于突破诗歌环境的层层壁垒，让诗歌的 "霸权主义"，诗人的 "墙体主义"，诗歌的 "老人脸色" 不再影响和左右诗坛；诗歌不仅是思想灵魂的载体，也是人格的化身，那些以 "霸占" 诗歌资源，"一手遮天"道貌岸然的诗歌刽子手的时代已一去不复返了，新诗的旧时代已经过去，新诗的变革时代已经到来！

这是诗歌精神力量所致。

中国诗歌经历了漫长的发展与演变过程。无论是最早的古歌谣还是辉煌鼎盛时代的大唐诗歌，以及现当代的白话诗、口语诗，诗歌的进程都与当时的人文时代环境与变迁有着密不可分的关系，它不仅是中国文明发展历史的重要记录，更是创造与开拓生命与文化价值体系的重要组成部分。

尽管今天在多数人看来，诗歌已经辉煌不再，甚至是不值得一提，但是，如果再过去一百年二百年，诗歌的价值和重要性依然熠熠生辉，就如我们当今孩子们在成长中的教育培养缺不了诗歌一样，你生存与成长的土壤，都无法逃避诗歌对你的熏陶与影响，必不可少的与诗歌进行着"亲密接触"，因为它必定在潜移默化的为你和社会提供着一种精神和语言创新的帮助，它丰富语言体系的功能与生俱来，它承载与创造的精神生命永不停止。

从文言文到白话文的演变，是中国文化的一次非常重要的历史性变革，它几乎影响了昨天、今天和未来所有的中国人，影响着世界文明的进程。

每个时代的文化变革，诗歌的作用举足轻重，都起了领航的关键作用。中国现当代诗歌的发展是伴随着中国人文精神觉醒开始的，它可以说是中国五四运动的号角，是开启中国新时代的钥匙。这样的颠覆性的文字与精神"革命"，其价值是不言而喻的，而这样变革的领导者必定缺不了诗歌这样一种表达形式。

诗歌的意义更在于是推动人类文明进步的力量。

从1917年2月开始，中国的诗歌在改变着中国人的文化推动方式，其发生与发展影响至今，从胡适在《新青年》发表了《白话诗八首》开始，中国现当代诗歌就进入了一种全新的时代，中国的文化也进入了全新的时代，这是一个标志性的时代，而这一开始就注定改变中国和中国人的命运。

中国诗歌的作用如此巨大，它将继续这样的力量与光荣。

2016年是中国现当代诗歌发展100周年，我们将用一颗敬畏之心打开这一百年的诗歌光景，阅读和朗诵这些伟大而不朽的诗人，这是一种心灵的慰藉和世纪的对话。

胡适、鲁迅、艾青、郭沫若、食指、北岛等这些在中国现当代文学史上熠熠生辉的名字，他们的诗歌和文字一直在影响着这个时代，或许将会一直影响下去。

他们创造的生命之诗、心灵之诗，更是一个民族人文发展的伟大结晶，历史也将永远记住他们这些永不褪色的生命诗歌。

当今时代是一个能够创造出伟大的诗和诗人的时代，尽管更多人认为诗歌已进入没落期，诗人已经顾影自怜了，但实际上所有人都正在诗歌的土壤里活着，被诗歌包裹着，呵护着；这些人我想也只是从社会的表面理解诗歌，没有看到更深层次的诗歌影响力，没有看到浮躁背后那股甘甜一样的诗歌生命，正在努力的与阳光一道，为我们的生命与人类的文明提供着精神的养分。

诗歌永远是不声不响的成为五千年来中国人的生命与创新的力量，成为人类世界不折不扣的精神灵魂。

这些年，一直在不停写诗的诗人，越来越多，这样的持续性实际上非常艰苦，却依然留住了越来越多热爱诗歌写作的人，这是诗歌之外的人所无法理解的，也是不能理解的。尽管诗歌写作的方式方法不尽相同，其内心却有着同一个信念，那就是把诗歌植入自己的生命中，让诗歌成为自己内心的一处湖泊或者一条河流，用圣徒的心来推进人文的精神化与生命的智慧化。

现在的诗人已经不像过去年代官府诗人那样，有生存的保障，甚至待遇非常高；也不是因为写诗歌可以堂而皇之地成为国家高级干部，有无比大的房子，有专用小汽车。

现在的诗人平头"百姓"居多，也没有任何福利待遇可言，如果仅仅写诗歌，一定会饿死，但是，这些诗人不怕，他们喜欢，有的不会因为贫穷而放弃写诗，也有极少数的诗人，成了百万千万富翁，但他们没有因为富有而放弃诗歌的写作，他们更懂得孰轻孰重，懂得人的生命所应该承担的那份使命与责任，这一群人有的一写就是几十年，不管春夏秋冬，不管有没有人关注，不管影响如何，不管外面的世界对诗歌多么的傲慢无视，他们依然坚持，依然诗兴喷涌，散发着独立自觉的诗歌艺术之光。这些诗人的伟大之处就在于他们非常懂得推进人类文明不是一个人的事情，人类的进步一定和诗歌有关。

正因为这些诗人的坚持，使诗歌的状态越来越具有教堂氛围，空旷、无边、宁静、干净。

这是诗歌的胜利。

诗歌是什么？我个人认为，诗歌是人类"高处"的灵魂，是生命无法抑制的绽放。诗歌可以通过一种"空气"净化的方式来影响成长者的精神与内心世界。

那些在写诗的同时，还在不停地为诗歌的发展作出努力的奔忙的诗人们，就更具有诗歌圣徒的境界与精神。

他们让诗歌充满了温暖与大爱。

博客中国"2017中国诗歌助力计划"《名人堂》系列诗集的出版也必将改变中国传统的诗歌出版模式，让沉寂在民间的优秀诗人获得公正的出版自己诗歌作品的机会，在他们中间一定会诞生伟大的诗人。

没有诗歌的时代是愚钝的时代。我很庆幸自己生活在一个欣欣向荣的诗歌时代。那些冲破生命阻力的诗人，那些句句划开时代症结的"匕首"之诗歌，是跳动的灵魂之火焰，正在以它充沛的精神，给予我们最精彩的时光，那是生命中最经典的日子。

·序一·

在徽州大地和黄山的上空诗意地飞翔

唐 诗

一、诗情：在徽州肆意奔腾

你惊讶的这条河流　我同样/惊讶/它孕育的名流势必会千古/就像现在/我正用眼神扫描着的照壁/照壁上的辉煌　已是风生水起

我想用尽全身的力气/喊出照壁上的名字/喊出内心深处隐藏很深的/牌坊　这些在阳光下灿烂的名字/依次照亮我额前的前程

在徽州　一些名字被水冲走/已无讯息/一些名字沉入石头成了中流砥柱/如果仔细地聆听　每一个名字的倾诉/再贴近每一片石头/你会感受到胸中的马群　正肆意地奔腾

　　　　　　　　——汪春茂《照壁怀古》

这首《照壁怀古》，较好地展现出汪春茂诗歌写作的特质。这首诗纵横历史和现实，既有古诗的韵味，又有新诗的标识，是一首诗人自己铸造出来的诗作，蕴含着诗人与传统与时代之间多维的关系。这首诗语言平易而自然，文字亲切而蕴藉，意境开阔而深刻，气势雄浑而大气。

读这首诗，我们仿佛面对厚重典雅，沉稳深蕴的照壁本身一样，我们无法挪动照壁上的一块石头，我们也无法移动这首一气呵成的诗篇的一个词语。或许，这就是文字版的照壁，他与实物的照壁交相辉映在古老的徽州大地上，闪烁出迷人的诗意之光。

说实在的，在读这首诗之前，我对诗人汪春茂的形象是模糊的，甚至可以说是陌生的，但是，当一本薄薄的《黄山诗学》创刊号，邮寄到我的面前，毫无疑问这首诗让我的眼睛突然一亮，这就是我认为的好诗，并立即决定把它选入2013年的《中国年度优秀诗歌》。

发现写有好诗的诗人，一般都会进入我的联系名单，一方面是为了自己编选诗歌之用，另一方面也是广交天下诗友。后来，我到黄山出差，顺便给汪春茂打了个电话，他很热情的约来王妃、程勇军等几位当地的文朋诗友一起聚餐，席间，汪春茂用带有明显的安徽方言的普通话朗诵了这首诗，赢得满堂喝彩。

随着了解的深入，我知道汪春茂是一个充满激情，充满自信，充满梦想的诗人。激情熊熊燃烧起来的人，是一个有着浓浓爱心的人；自信满满的人，往往是一个乐观豁达的人；梦想充盈在生活中的人，是一个对当下和未来都有着无限遐想的人。这三者中有着任何一种，都是我们生活中充满阳光的人，何况，能集这三者于一身，肯定会不同凡响。

对于自己的居住地，诗人汪春茂是这样说的："我所居住的城市，是一个宜人、宜居、宜诗的国际化旅游城市。在这片神奇的土地上，曾诞生过胡适、汪静之这样在中国新诗历史上影响深远的大师。能够有幸生活在这样一个山清水秀、人杰地灵、徽文化博大精深的地方，生于斯，长于斯，无疑是我一生的荣幸。我的大部分诗歌都与这里的生活、这里的山水有关。"

是的，在当下这个人心浮躁、物欲横流、道德与文化缺失的社会，已经很少有人能够安静地写诗，更少有人能够在各种诱惑面前静下心来写自己想写的诗，这种不赶时尚，不逐潮流，不图名利的诗写方式，确实让我钦佩不已。

对于诗歌写作，汪春茂是这样陈述的："我最近写的大部分诗歌作品中都非常注重意向、情节、心境的自然流露，在写作的形式上不拘一格，呈现出一定的自由度，诗歌仿佛是信手拈来，水到渠成。一直以来把写能让普通大众都能看得懂的诗歌作为一种精神和艺术上的追求。"正如他在博客中所介绍的诗观一样，"隐去曾经的一切，隐去浮躁的心，安静下来读些洗涤灵魂的诗，写出灵魂深处绝唱。不求名，不逐利，只求生活中的诗意，只求诗意中的生活。"

诗人韩庆成主编的《诗歌周刊》中国地方诗歌展黄山篇中，也有过介绍："汪春茂八十年代即以'青春派'诗歌独特风格深受读者青睐，读他的诗你总会自觉或不自觉地被其灵秀的情感流露所打动。2011年回归诗坛以来，在经历过生活历练后的诗歌则侧重于对地域山水、名人以及重大历史事件的写作，擅长于在场的瞬间用诗性的语言体现出历史永恒。"

翻阅历史，我们还可以看出，从古至今在徽州这块神奇的土地业已培育出众多政界显要，商界巨贾，诗界大家，是一块在中国的土地上闪闪发光的风水宝地。同时也为汪春茂的诗写提供了源源不断的素材和灵感。可以说，汪春茂再次写诗就把全部的身心熔铸到了徽州尤其是黄山的每一个角落、村落，他运用自己跳荡不羁的诗笔，摇曳多姿的诗篇，肆意奔腾的诗情，在徽州尽心尽情地抒写，挥洒出精彩的诗意人生。除了《照壁怀古》这首佳作以外，我们还看到汪春茂写出的《生在徽州》《徽婺古道》《谒戴震墓》《猴子观海》《西递村》《夹溪河漂流》《太平湖》等这些带有明显徽州标记的诗篇。这些诗篇像一幅幅简笔画，把我们带进了徽州的山山水水，仿佛徽州的每一座山都闪耀着诗歌的光芒，徽州的每一条河都流淌着文字的喧嚣，徽州的每一座村寨都饱含诗歌的绝妙。可以说，汪春茂的诗情正是孕育于徽州，勃发于黄山，像滚滚新安江之水，在古老而又崭新的徽州肆意的奔腾。

二、诗花：在大地处处盛开

汪春茂是一个浑身开着诗意之花的诗人，仿佛他每行走一步，就有一首诗歌在大地上盛开。这些落在大地上的诗花，一经诗人精挑细选，悉心整理和自由抒写，让我们看到一个在当下不断行走，又不断地有所思考和写作的诗人。在他那些《行走大地》的诗篇中，我们极为震撼地看到了当下与过去，真实与虚无，感受与哲思，即景与远望的种种持续性的诗意，这些诗意来得如此急促，一闪即逝又仿佛在很久之前就在某个地方等待着他。因此，这些行走出来的诗篇显得极其珍贵，极其自然，极其深情，也让我们看到了一个勤于思考，敏于发现，善于呈现的诗人，他是如此地在意他走过的每一个地方，这同样与他爱自己的居住地徽州有着一脉相承的情愫，那就是他深深地爱着大地上他的眼睛能够看到的每一个元素，他的心能够感知到的每一处意境，他的笔能够撬动的每一个文字。

　　显出世间最妖媚的名字/让穿越的过堂风/打乱心跳的节奏/山野里的狐　不会总是在黑夜里/独自地暗香盈袖

　　转世　化作一袭裙裾飘逸的女子/从惊蛰中/闪过妖媚的身陷入一场/在所难免的劫/掏出内心妖冶的桃花

　　去赴一场月光下的千年之约吧/人间的故事大都如此/钱钟书与杨绛　就此登入这俗世的堂/牵手战乱中的民国/上演着一段清华园里的　乱世佳人

　　今生缘也好怨也罢/一部围城　道尽了人世间爱情的/冷暖甜苦/这狐堂长出的翅膀啊/有时让野草也会跟着花儿一样　疯长

　　清华园里的狐堂，也就是钱钟书在求学时经常与杨绛会面的地方，这是多少文人去了狐堂都会援笔成文的地方。我们的诗人同样满怀深情地写出了一首《狐堂》的诗篇，献给20世纪的两个伟大文豪。这首诗写得哀怨而又明亮，悠缓而又深情，调皮而又冷峻。如此，我想两个才华横溢的大文人，听见用夹杂着安徽方言的普通话朗诵的这首诗作，定当会在风中会意地开怀大笑。

一首《参观圆明园废墟》，则让我们读到了一个悲怀历史，耻藏骨髓，深憾过去的极有风骨的一位诗人，矗立在我们阅读的视野之中：

曾经的辉煌/只留下一截断墙/几根残柱/在风里来/雨里去/骨子里的耻辱/被一条鞭子/反复追赶

这样的诗篇，在有的人眼里，或许并不现代，但是，我认为这样的诗篇，它所蕴含的诗歌精神，是无论如何都掩盖不了的，这种诗言志抒怀的传统，在任何时代都不会过时。我为诗人能够在这个各种所谓诗歌新潮的时代，依然坚守这种诗歌精神暗暗叫好。

汪春茂把自己诗意的足印留在大地上的同时，始终没有忘记他作为一个诗写者的责任，那就是在匆匆行程中，他随时采撷自己的心灵与外界的万事万物相碰撞的刹那所产生出的绚烂的诗意之花。这种诗意之花只有有诗意的人才能够碰撞得出，也只有诗意的人才能够珍视这种一闪即逝的灵感之花。所以，我们看到诗人的足迹走到哪里，那里就会留下一串串迷人的诗花。无论是在诞生孔圣人的曲阜，还是在高等学府的清华大学；无论是在大文豪鲁迅的故乡——绍兴，还是在红色圣地——延安；无论是一幅画，还是一座墓地，无论是在国内，还是在国外，汪春茂都有汩汩的诗意奔涌而出，都有盛开的诗花处处绽放，都有精美的短诗一挥而就，正因为他的酷爱写诗使他的人生变得丰富而不单调，清醒而不迷茫，自省而不自高。

《谒黄帝陵》，将他对帝王政治的一得思考，幻化成了极有哲思的诗篇，让我们读的畅快，读的精彩，尤其是结尾：

我挥一挥手/尘埃落定/忽然想起/我自己/就是自己的帝王

这样的结尾，既出人意料，又在意料之中。一首小诗能够带给我们如此的思索和感悟，已经超出了诗歌的范畴，或许，这就是既在诗内，又在诗外的缘故吧。

《行走大地》的诗篇，大都写得随意，写得自然，写得清新。从这些洋溢着浓浓诗情画意的诗中，我们再次感受到古人行万里路的智慧，依然在今天熠熠生辉，这种生辉离不开汪春茂灿烂的诗花所幻化出的魅力。

三、诗意：在人生蓬勃弥漫

一个真正的诗人，是一个对于人生有独到见解的人，更是一个善于把自己的见解升华成诗篇的人，如此，这个诗人的人生是简单而丰富，纯洁而高贵，优雅而迷人。应该说汪春茂就是这样的诗人。他把对于人生社会，对于自然历史，对亲情友谊，对于艺术作品的种种感悟感受感想，以诗的形态呈现给我们。为了这种呈现，诗人从发现到发掘，从打磨到打造，经历了一系列艺术的处理和诗化，他把这些诗篇集中在《时光隧道》里予以展示。

在《维纳斯的蝴蝶》这首诗中，汪春茂加注了一个副标题——为卡诺瓦的大理石雕配诗。整首诗如下：

　　风尘赴赴　　你知道飞翔的累/奔波的苦/放下一切该放下的吧/暂且收敛起翅膀　把梦/停靠在一只有力的掌上

　　你会感觉到栖息的暖意/爱　是多么容易满足/女神的眼里早已经蓄满春水/心　正向着陶醉奔驰

诗的标题充满诗意，诗行干净简洁，却情思绵绵，"飞翔""放下""停靠""栖息"几个词语就把爱勾勒得活灵活现，尤其是"蓄满春水"四个字更是点睛之处，让这首短诗无限的生动起来，似乎读者的心也跟着"陶醉"。诗的奥妙就在于此，既可意会，又不可明言。

这一辑的诗篇，很多诗篇充满了深情，有的诗篇读来让人动容。比如《给父亲上坟》这首诗，我认为是他所有诗写亲情友谊的佳作。这首诗较长，节录几行如下：

　　即使行程再远/所有的脚步也会不由自主地/停下来/四月是一个驿站/每每触及我一生中/最隐秘的伤痛

　　……

时常在心里呼唤/今生的痛苦和幸福/都会与你　不离不弃
……

对我来说/多少年过去了/你一直都未走远/我每走一步/你都会形影相随/并不断地调整/我　做人的方向

汪春茂的父亲走得较早，诗人一直心怀痛楚，每每想起"子欲孝而亲不在"的情景，往往情不自禁，潜然泪下。这种失亲之痛，是很能够催生出质朴真诚、词浅意深、感人肺腑的诗篇。应该说，作为诗人的汪春茂以自己的赤子之心，写下了这首泣泪之作，呈现了诗人对于亡父的深深思念和浓浓的哀悼。

《一只等爱的狐狸》《虚假的生活》《12路公交车》《妻子的生日》《致女儿》等一系列诗篇，或缠绵，或深情，或赤诚，或深刻，把自己对于人生的各种思考，以诗的形式进行了诠释。这种诠释让我们看到了，作为诗人的汪春茂，在竭尽所能的把人生中的酸甜苦辣进行诗化，这对于一个诗人来说无疑是十分可贵的，也是十分必要的。说他可贵，就在于他把与常人不同的感悟给以了诗化，说他必要，就在于没有这种诗化，诗人就与常人没有区别。

汪春茂的诗歌写作很早，20世纪80年代就小有名气，但他又是一个归来者，因为他停笔近二十年之久，最近几年才近乎狂热的归来写诗。当今诗坛有很大一批像汪春茂这样的诗人，他们爱诗的时候，爱得疯狂，离开的时候，离得决绝。这样的诗人敢爱敢恨，敢写敢抛弃。正因为如此，他们有才华，有激情，有见识，有阅历，他们不太在乎现在的各种所谓的诗歌艺术，也不管什么批评家们大声疾呼的难度写作，他们只忠实于他们的内心，既不人云亦云，也不妄自尊大。只要他们想做的事情，他们会义无反顾地去做。如此，我想，这样一批归来的诗人，就像矗立在徽州大地上的魅力无比的黄山，而诗人正以他独特的才情成为一座独特的山峰。汪春茂作为回归中的一员，无疑具有他们的共性，但也有他自己的特质，那就是他始终把自己的根，牢牢地扎在徽州这块肥沃的土地之中，像黄山松一样紧紧地拽住这块土地的每一颗泥土，每一块石头。

从诗的字里行间可以看出汪春茂以诗人的面貌出现在世人眼前时，他试图竭尽全力地把徽州黄山的每个层面展现出来，不让黄山的云雾有一丝一毫的遮蔽。但是，如果是因为生活和事业的需要，诗人又会像黄山隐蔽在浓浓的云雾之中，久久不让世人看清楚他的真面目。

通过阅读诗歌文本，我发现，诗人往下扎的诗歌之根越来越深入到徽州每一寸土地，他的诗歌之树就越来越坚挺的向上生长，那向上生长的姿势，多像一棵倔强的黄山松，似乎就要在徽州大地和黄山的头顶诗意地飞翔……

写于北戴河

唐诗：首届重庆市政府文学奖获得者，博士诗人，《中国当代诗歌导读》主编

· 序二 ·

江水的浸润，在一幅画里延伸

——汪春茂诗作读后

　　我和汪春茂的相识是很有缘分的。因为诗歌，我们在网上有了联系，彼此交谈很是畅快。更有意味的是，网聊没过几天，我们又共同参加了一个全国性的关于诗酒高峰论坛活动，在杭州见了一面，愈加亲切。他给我的印象非常好，随和而又爽快，一种相见恨晚的感觉。他所居住的城市黄山市（1988年以前是徽州地区），是一个宜人、宜居、宜诗的国际化旅游城市，曾出过朱熹、戴震、胡雪岩等许多历史人物，他们的名字都进入了照壁。在这片神奇的土地上，曾诞生过胡适、汪静之这样在中国新诗历史上影响深远的大师。生活在徽州这样的有文化背景的地域浸染中，汪春茂是幸运的，他的诗作也大多有了这样的人文气息和灵气，读后令人遐思连连，陡生艳羡之意。

　　此后的日子里，我经常到他的博客去读他的作品，他时不时地也会把新作发给我欣赏。"在徽州　一些名字被水冲走/已无讯息/一些名字沉入石头　成了中流砥柱/如果仔细地聆听　每一个名字的倾诉/再贴近每一片石头/你会感受到胸中的马群　正肆意地奔腾……"（《照壁怀古》）"读书　经商　做官/不论山有多高/路有多远/从这里出去的人/都有旧梦一样的乡愁/徽州是每个人一生一世的/精耕细读……"（《生在徽州》）"古村的道路　出口很窄/只容得下金榜题名/偶而也有一些商人进出/更多的村民只能弯下腰来/日出而作　日落而息//一切都逃不过的　是日月轮回/满池荷花已经覆盖/往日的履迹　一如积雪/融化　成静卧村头的水口……"（《古村》）读到这样的句子，我们不由得陷入了沉思。在这样一个多元化大发展的社会境围之中，我们虽然身处高速前行的时代潮流里，脚下的土地却又掩饰不了浓浓的历史的人文沉淀。不断扑面而来的新鲜事物，依然阻挡不了静态的逝去时光里那些耀眼的光芒。在如此的交织中，作为一个作者，既要有勇立潮头的勇气又要有悲悯的人文情怀。汪春茂的诗作，一字一句之中，就充满了这样一种复杂的情愫。这是一种对历史与文化的敬畏，一种当代文人对时代的倾诉与呐喊。这些当然又是一个文学创作者应有的责任，而不是一味地喟叹与愤激。

　　汪春茂还有许多的诗作，是从日常生活的场景入手，用点点滴滴生活化的细节抒发自己的所闻所思，读来依然感觉很有韵味。既是凡夫俗子就摆脱不了烟火之气。置身当下，芸芸众生在沸腾喧嚣、挣扎迷茫之外，谁都会有自己的一方小天地，在这一方小天地里，盛着一个人的内心。"沿途的风景压低了声响/一路的畅快踏平了浪花/时而风卷残云/时而平湖秋月//两岸的茶香/闯进这个夏天的末端/一支桨划过来/城市的疲倦　顿时轻了许多……"（《夹溪河漂流》）"从现在看过去/我看见的只是我的梦/父亲的天空一再压缩/到了泥土的下面/有时候从梦中/突然醒来/我就大汗淋漓/像只被烤焦的鹅/无力挥动翅膀/我惭愧万分/赶紧起床/可父亲永远都比我/起得早"（《父亲的天空》）街头的匆匆一瞥、乘坐的公交车、梦中的父亲、离家求学的女儿……一个人在现实生活中奔波，其实他的内心也在行走。在汪春茂的诗作中，我们不难看出作者一颗热爱生活、关爱家庭以及俯察世间的诗心。优秀的作者，永远不会自行脱离现实，生活是创作的源泉和宝藏，背离现实，创作所谓的"先锋与前卫"自然是一种一厢情愿式的自怨自艾和孤芳自赏。读者阅读作品，需要的是一份启迪和提升，而不需要陷入文字迷雾、游戏而无所得。

　　汪春茂出道较早，后来却又中断创作十余年，现在"重返江湖"，可谓一发而不可收。从他的博客中我欣喜地看到仅他复出的一年多时间里，就在全国各大报刊发表诗作一百多首，创作量惊人，且大多以组诗形式发表。最后，我衷心地祝愿他，让那些鲜亮而温暖的句子在徽州的江水里浸润，在一幅画里延伸，去点亮诗歌的火炬！

　　　　　　　徐凝：《诗印象》主编

目 录

行走大地

狐堂/3

梁山伯与祝英台/5

欢乐颂/7

梦圆清华/9

参观圆明园废墟/11

在威海刘公岛观甲午海战/12

青岛/14

曲阜/16

珠海渔女/17

绍兴/18

沈园/20

红河大桥/22

河内/23

越南的路/24

胡志明故居/25

莺湖在行囊里微波荡漾/26

延安/27

参观延安革命纪念馆/28

延河水/29

延安窑洞前的石桌/30

南泥湾/31

盲女/32

自由引导人民/33

在奥卡河上/34

晚钟/35

伏尔加河上的纤夫/36

道路/38

逝去的爱/39

承德避暑山庄/40

在承德避暑山庄/41

热河/42

谒戴震墓/43

谒黄帝陵/45

二十四级台阶上谒聂耳墓/47

他没有留下遗言/50

谒汪由敦墓/52

巴亭广场上谒胡志明墓/54

深山里有辽阔的疆域/55

题老湾泼墨画/57

题吴铭彩墨画/58

写在吴蒙蒙与周长银的婚礼上/59

同学聚会之高尔夫酒店绩溪食府泉鱼201/60

雅安　新闻联播一下子就把我震住了/62

雅安　献给你一首不在场的诗/64

世界杯之把睡眠出让给一场球赛/65

世界杯之荷兰上演王子复仇记/66

六月　我把心安放在巴西/67

生在徽州

照壁怀古/71

屯溪码头/72

文峰桥/73

坝址广场/74

湿地栈道/75

徽风水街/76

林廊清影/77

摩崖石刻/78

新安画派/79

湖边村落/80

猴子观海/81

我和这个夏天一起来到孙王阁/82

新安江之夜/83

老街的老/86

老街的石头/88

那些马头墙依附在时光之上/91

我坐在老街的茶馆里/93

洪通老茶坊/94

老街一楼小聚/95

生在徽州/96

徽州/98

古村/99

徽婺古道/100

祁黟古道/101

白塔茶叶公园的七月/102

火岩石/103

燕山/104

闿盛植物园/105

金牛洞/106

夹溪河漂流/107

小壶天/108

石屋坑/109

石屋坑的女人/110

石屋坑居高临下/111

祖源村/112

祖源心锁/113

晒袍滩/114

冰谭/115

西递/116

归园/117

光明顶/118

梦幻黄山/120

一座山和一座城/122

天都峰/123

莲花峰/125

醉石/126

歙县/127

书院/128

郭　村/129

焦村小镇/130

梅岭山庄/131

车过汤口/132

太平湖/134

萌坑村/135

时光隧道

维纳斯的蝴蝶/139

一只等爱的狐狸/140

瓷鹰/142

蝉/143

化蝶而去/145

为你的琴弦/146

无花果/147

紫薇花开/148

在乌石湿地遇见盛开的蓼子花儿/149

在乌石　蓼子花儿用花朵打开秋天/150

流星/151

雨铺天盖地/152

风不朽行走不倦/153

走上生活之岸/154

再生之地/155

城市印象/157

虚假的生活/159

清明节/160

中秋节/162

走出峡谷/163

醉　秋/164

夕阳/165

轻音乐轻轻涌进早餐/167

想乘筏人做击浪之势/168

父亲/169

父亲的天空/170

给父亲上坟/171

12路公交车/175

妻子的生日/177

致女儿之一/178

致女儿之二/179

致女儿之三/182

致Z C H/184

段落层/186

断崖之树/188

你的名字/190

中国血液/193

冥想/197

这些词语/198

江山/199

读史——李煜/200

远足/202

西湖/204

芭堤雅/205

后记

让诗歌走进生活——汪春茂/207

行走大地

狐堂

——钱钟书在清华求学时常与杨绛会面处

显出世间最妖媚的名字

让穿越的过堂风

打乱心跳的节奏

山野里的狐　不会总是在黑夜里

独自地暗香盈袖

转世　化作一袭裙裾飘逸的女子

从惊蛰中

闪过妖媚的身　陷入一场

在所难免的劫

掏出内心妖冶的桃花

去赴一场月光下的千年之约吧

人间的故事大都如此

钱钟书与杨绛　就此登入这俗世的堂

牵手战乱中的民国

上演着一段清华园里的　乱世佳人

今生缘也好怨也罢

一部围城　道尽了人世间爱情的

冷暖　甜苦

这狐堂长出的翅膀啊

有时让野草也会跟着花儿一样　疯长

梁山伯与祝英台

——在清华大学蒙民伟楼听小提琴协奏曲

牧童的短笛　慢慢地推出

音域里一派鸟语花香

音色接近完美

双簧管流出的气流

浓郁　自然　顺畅

水乡的早晨　风光无限

一线阳光

充盈浓浓的深情厚谊

祝英台从小提琴出发

畅想爱情的美好

梁山伯在大提琴上

忽然感叹人生的无奈与悲凉

小提琴与大提琴

祝英台与梁山伯

开始依依不舍　长亭惜别

此时乌云压住了低音

不祥之兆哭进了裂开的坟茔

尘世的伤痛　身不由己

琴声欲裂

琴弦欲断

满腹的心思欲言又止

尘世的伤　现实的痛

开始被弱音隐去

隐去　隐去

两只在天空中嬉戏的蝴蝶

慢慢地消失　在天空的尽头

欢乐颂

——在清华大学蒙民伟楼听贝多芬第九交响曲第四乐章

皇城根下　民伟楼里

在音乐的三角区

我找到了皇帝的位置

成了贝多芬第九交响曲的

一名在场者

听二百年前来自德国的声音

关闭所有的灯光

关闭眼睛

同时打开身体的内心

启动耳朵的每一根神经

在摧毁旧世界的号角里

我开始寻找欢乐　歌颂欢乐

我开始在各个声部追逐着　音乐的复杂性

欢乐却原来如此简单　朴素

就像是一首歌

一层一层地被乐器推出

四重音色也被一层一层地展开

指挥棒起伏不定

在短暂的静音处

乐队突然变奏

亿万人民变兄弟

穿透力很强的短笛

把欢乐　送至最高处

梦圆清华

他怀揣的梦想是少年的
如今　他却人在中年
1207A 是他手中正握着的一把钥匙
打开房门就是打开清华的校门
从今天起他就是清华园里的一名学子
在思想的交集上
他不能忘却的　是这一世的缘
他开始聆听的将是重量级的声音
他开始看到的　是皇家园林的气质

在清华　他将学习的都是智慧
比如水
从一滴水里可以折射出江湖里的风云
风云里的高深　莫测
比如木

更像是一个默默无语的大师

十年树木百年树人

在默默无语中他听到的却是年轮深处的

击缶高歌

他喜欢在水木清华里散步

看一片红砖所带出的异域情调

看一只鸟鸣在三月里鸣翠的样子

看丁香和紫荆所唤醒的满园春色

他喜欢身边的清风所带来的红袖添香

他更喜欢沉浸在朱自清的荷塘月色里

让月举着亮

让亮举着内心的梦境

走向更远的远方

参观圆明园废墟

曾经的辉煌

只留下一截断墙

     几根残柱

在风里来

  雨里去

骨子里的耻辱

被一条鞭子

反复追赶

在威海刘公岛观甲午海战

一声炮响

龙椅晃了一晃

龙椅上的王朝

在睡梦中突然受到了　惊吓

不只是惊吓

闭关锁国

夜郎自大的大清

一夜间　血染黄海英雄气短

定远舰

致远舰

十八般武艺用尽

依然无法挽回的　也不只是颜面

赔款割肉

江山分离

李鸿章慌忙中的道具

掩盖了一声叹息

弱国无外交啊

落后必然挨打

青岛

百年的啤酒

依旧保持着它的

新鲜和光泽

一座城市就这样

在畅饮中释放出

文化的魅力

依山傍海

情满于崂山

意溢于黄海

原来的鸟鸣

此时已在南方取暖

雪花没有落下来

啤酒的花却已在杯里盛开

我们一行在包厢里

细细地品味好客的山东

感觉到的徽风鲁韵

竟也彼此地情景交融

常常是一杯刚完　再来一杯

时间也就在这儿停滞了下来

看窗外海面上的风浪

已经一浪高过一浪

身体内的每一寸肌肤

仿佛都在尽情地舒展

在青岛的每一朵浪花之上

曲阜

千年的风从城墙的罅隙里
吹过来
孔庙　孔府　孔林
在导游的说词里依次穿越

孔子的智慧　不左不右
在中庸之道上经历了两千五百年
如今
依然峨冠阔肢　道风仙骨

杏坛弹琴
金声玉振
鹭鸶呈祥

九仙山上论语
俯瞰的人世沧桑
也不过如此
有朋自远方来　不亦乐乎

珠海渔女

大海再粗暴

也只是我脚下的奴隶

海水混沌　浪花随风而去

千帆过处　有多少生命葬身鱼腹

在海面前　尘与土都不值一提

那些泡沫更是一吹即碎　自生自灭

爱情的春夏秋冬在情侣路上

时间毕竟留不住

诺言不是轻风流云

借一缕珠光　穿越黑暗的地平线

照亮前行的路

内心的闪电　让灵魂更深邃

绍兴

水乡江南的雨后有些许迷蒙

乌篷船一把把我纳入怀中

导游开始诉说古城往事

诗人们听出了味道

写进课本里的绍兴

还原了它真实的容貌

溪水从西向东的过程

——闪过旧时光中的鲁迅

孔乙己　阿Q

长衫　马褂　茴香豆

太熟悉了

熟悉的还有　小桥　流水　人家

上岸　脚步踏上青石板的街巷

一行一行地数过去

行为有些阿 Q　又有些孔乙己

坐在咸亨酒店里

喝着正宗的绍兴老酒

一粒一粒地数茴香豆

沈园

——陆游与唐婉在绍兴游园处

也试着去看一看花木扶疏

蝶飞燕舞

也试着去问一问人世间

情为何物

左手金桂右手银桂

直叫人以身相许

断云似断非断

枯井下承接着天光

瑞雪问梅

孤鹤难鸣

真是一个　世事险恶

爱情太难

无奈是一杯离愁

醉生　梦死

比黄花还瘦

猛回首早已是惊鸿　落

铁骑梦寒

只道是　旧时池台　破河山

痛饮　肠断　泗泪流

一阕钗头凤

电闪于心

雷鸣于心

陆游与唐婉在沈园伤心

伤心　总是送黄昏

红河大桥

终于眼见为实这就是传说中的风景

让旅程不再感到孤单和遗憾

天空中白云是如此洁净

两岸的古建筑

穿插着现代文明的装饰

这时听见的一两声鸟鸣是温柔的

它在诉说着什么呢

河内的水一波未平一波又起

站在红河大桥上

我丝毫没有异国他乡的感觉

仿佛我就是这里的主人正在信步

尽管整个行程都被导游一路追赶

但体内亮起的一朵朵彩云

已是久久地挥之不去

足以抚慰这么多天略感疲惫的灵魂

河内

晚上七点钟　我置身于河内市中心

沿街的酒吧灯红酒绿

橱窗内的女人　正挤眉弄眼搔首弄姿

旁边的矮子打着手势

摩托车擦身而过的速度

让我的惊叹有些夸张

市场上翻动的人群　似乎有据可循

极像国内九十年代的样子

宾馆前面升起来的红旗

正映照着一帮戴绿帽子的男人

越南的路

从导游图上看
越南的路仿佛受到了挤压
从南到北　伸展不开

沿途的土地也是瘦瘦的
一副营养不良的样子
土地上的房间又窄又狭
仿佛负担不了
我们这些游客的目光
和旅程中的一段段小小插曲

胡志明故居

一排黄色的房子插入寂静中

一个响亮的名字

曾经出没

此时的夕阳恰到好处

与故居构成一幅绝美的剪影

莺湖在行囊里微波荡漾

一座湖不必隐喻　不必纠缠于那些遗漏的时光
也不用担心城市的喧闹
完全可以在一片寂静的空蒙中
像一只莺一样　引吭高歌
唱出自己的心声　唱亮自己的胸膛

同样我们也不必羞涩于　那空空的行囊
不必计较于我们　只是一群匆匆的过客
风过舟舫　尽情地吸吮湖水的清新
忘却一路上的风尘和艰辛　让
莺湖在行囊里微波荡漾　微波荡漾

延安

宝塔站在山上　在为中国革命站岗放哨

喊一声它的巍峨

道一声它的雄壮

用黄土打磨的江山啊　散发出岁月的味道

水流的声音穿越延河

激情和澎湃唤醒沉睡的黎明

隐于窑洞的火种　一如星星点灯

照亮旧地图上　祖国的山山水水

参观延安革命纪念馆

在延河水里刚刚洗完一路风尘
我的一只脚
就踏进了　延安革命纪念馆
另一只脚进来时
时光已经倒流到　那战火纷飞的
年代
红腰带　安塞腰鼓　瓷碗　土炕
这里的每一件物品
都像一个炸雷
在我的心中炸响
大脑里的延安是如此辽阔
足以驱散乌鸦一般的黑暗
眼睛里的感觉　处处是今日生活
来之不易
脚下的路从来就没有断过
一路走来　倍感岁月是多么地艰辛

延河水

我听见水流的声音

正在穿越中华民族的脉

一只沉睡的狮子在黑暗中

被唤醒

隐于窑洞里的火种打开

点亮了旧中国的山山水水

延河水的激情和澎湃

是一部中华民族沸腾的历史

是喂养中国革命身体里最宝贵的

盐　乳汁　血液

是穷苦人的翻身得解放

是山丹丹花开　红艳艳

延安窑洞前的石桌

此刻　我正坐在延安窑洞前的石桌旁

仿佛旧时的硝烟还未完全散尽

记忆的天空里　依然是危机四伏

乌云一样的飞机压过来

大炮的轰鸣声　震耳欲聋

较量正式开始

我仿佛看见毛泽东撸了撸衣袖

不慌不忙　镇定自若

正与安娜·路易斯·斯特朗谈笑风生

一切反动派都是纸老虎

南泥湾

抵达南泥湾的路拓宽了
那些导游图上的标注
连同汽车的导航仪都指向了
令人向往的南泥湾

陕北民歌里的南泥湾

让一个民族血液沸腾的南泥湾
让信仰不死革命不屈的南泥湾
冲破敌人飞机大炮围堵的南泥湾
带动穷人翻身得解放的南泥湾
此时已是处处庄稼　遍地牛羊

盲女

——为约翰·埃·密莱的画配诗

风雨过后　那些生活里的暗疾

流浪的苦　命里的黑

在妹妹的倾诉里　——淡去

琴音静下来

彩虹在身后升起

普照的阳光和鸽子　振翅的蝴蝶

以及远处的山羊

这些可以感知的温暖和安详

——在我的脸盘　浮现出来

自由引导人民

——为德拉克洛瓦的画配诗

在政客眼里　自由一直是个虚词

是掌中的玩物　可以翻手为云覆手为雨

在人民的眼里　自由是个实词

是胸怀的袒露　百姓的福祉

由虚词转型为实词

中间必须越过尸体　越过血流成河

这些代词

必须要用号角　枪声来刺破压城的乌云

墓志铭早已把卑微的生命放在最低处

三色旗在灵魂与肉体的高处

正将自由引向人民

在奥卡河上

——为阿尔希波夫的画配诗

在奥卡河上　一艘船载满了阳光

载满了俄罗斯的乡村风情

日子变得暖意融融　生活载满了各自的

心思　远离了江湖中的刀光剑影

一切都风平浪静

想念亲人的人　出门讨生活的人

彼此也靠得很近

还有那个枕着船舷的人

此时　正和安详的梦境靠得很近

晚钟

——为列维坦的画配诗

晚钟在教堂的钟摆声里

唱响黄昏

辽阔音域

正缓缓地随着霞云　漂浮　在天际

散落的时光碎片　一寸一寸地遗落

在河面

鸟儿归巢

船上的人也已隐身于归程

唯有小船

仍然在守着岁月　期待旅程

伏尔加河上的纤夫

——为列宾的画配诗

时间拧成一股绳粗粗细细

沿绳伸展你宽阔的胸怀
沿绳昭示肌腱丰满棱角分明
沿绳拉一帆鸥鸟飞向相思之树
沿绳走一段坎坷走向无岸之岸

脚下的路延伸　一次次
没有翅膀的飞翔
反光的背分不出季节
河流的诱惑不分方向
血与汗　黄昏与酒
背影使阳光蔚为壮观

步履维艰　你说方显男儿本色

不屈的精神哪能

液化为命运之浪

永恒于逆流之上

让悲叹一次次随浪而碎

让彷徨一次次随境而安

时间拧成一股绳粗粗细细

拴住了天涯海角

拴住了万重青山

道路

——为萨符拉索夫的画配诗

如果　苦难已成人生的必经

那么　又何必目光短浅

只看见道路的泥泞　和曲折

要知道止步于泥泞　同样也会止步于收获

即使路的拐弯处　还会有意想不到风暴

为了远处那金黄色的麦浪

我们也要鼓足生活的勇气

踏平坎坷　继续前行

逝去的爱

——为罗丹的石膏雕塑配诗

轨道已经扭曲　心已越走越远

无法挽回的爱情

海枯石烂　抱头鼠窜

痛苦发自内心　被电闪雷鸣一劈为二

一颗　向天长叹

一颗　面临深渊

承德避暑山庄

珠光宝气　典藏的贵族文化

在这里的每一个日子

都不会单调

一路上踩着宫廷步

尽情地挥霍大气的时光

可以数一数有多少达官贵人曾在此度假

可以猜一猜一个马背上的民族

让多少世事置之度外

可以听一听那来自清王朝的箫声

吹尽多少大厦将倾时的哀叹

而又有多少青春已不再

有多少宫廷佚事不能重来

过去的永远过去

失去的只能收藏

离去的日子越久啊　越珍贵

在承德避暑山庄

没有人能够一年四季停下来

选择夏天来的人　其实也只能

在这里停留几天

多的也就十天半个月

甚至连它的主人

现在也已经销声匿迹了

屋里陈列的都是古董

后面来的人都是游人

大多数只是看一眼

就匆匆走了

热河

世事无常

南国的三月早已是鸟语花香

风情万种

北国里的雪　冰却还没有消融

只有热河里的水

冒出来一些热气　感知一些温暖

走过去的人　印象都不深

正走来的人　我只是分辨出一些衣服的

颜色　来去都是匆匆

只有河在时光里独自散发出温暖

我在想我盼望的今生　能够永不冷却的

何止是一条河啊

谒戴震墓

——戴震，清代乾隆年间百科全书式的著名学者、大思
想家。尖锐地批判"后儒以理杀人"。

蹲在思想深处　望你持刀手势

是怎样的切割程朱理学

那张风干橘皮的老脸

老脸沟壑纵横

你也被弄得满身是血

直到耸起骨瘦肩头　扶杖而去

曾经有风无情的吹过

在你悲伤的深处

维系一切生命的黄土

已经从四周覆盖你　淹没你

对于你　我们这些后学

此时所有的语言都是苍白的

目光越过归巢的鸟儿

我们感到你宽大的手掌

轻轻地拍击　我们思想的翅膀

一切显得那么平静　那么安详

可墓地并非平静

雨滴刻满碑文　思想穿越亘古

即使再寂寞的时光

仍有蝴蝶在轻声地呼吸

谒黄帝陵

几乎所有的帝王
都来拜谒过你
我不是帝王
我也来

帝王将相宁有种乎
我用手抚摸
刻有你名字的石头
石头的触觉
好似温暖的黄河水

我的手仿佛　也
沾了些帝王的霸气
仿佛江山也是
我的了

我挥一挥手

尘埃落定

忽然想起

我自己

就是自己的帝王

二十四级台阶上谒聂耳墓

——昆明西山。二十四级台阶之巅。聂耳墓。

一

有风铃

自隔岸传来

鸥沼之涛

鸥沼之涛铺天盖地

音乐　哑然无声

二

无数枝丫伸向天空

揽不住岁月之星

陨石划过蓝色的星球

只一闪

麻石有了思绪

晚钟悠悠

三

叩响二十四级台阶

门前没有铁栅栏

也没有石狮子

你不必起身

没有塑像的墓碑

擎着烫金的名片

世界呼唤着你的名字

四

延河之水生发出

义勇军进行曲

掌声起源于滇池之滨

掌声依稀响响亮亮

拍成血红血红的
黄河大合唱
拍成血红血红的霞绮
音乐抽出血丝来
还是音乐

五

你的音乐溶入鹄沼之涛
你的音乐依旧五彩缤纷
你的音乐化为西山之石
你的音乐依旧淙淙有声
滇池之水生命不息
你的音乐生命不息

六

二十四级台阶垒起
音乐的竖琴
你的竖琴
万古长青

鹄沼：当年聂耳在日本溺水处

他没有留下遗言

——谒无名烈士墓

他走了他是一个真正的男人

他是一个剽悍的男人

他走于一个硝烟的黄昏

（他是希望黄昏没有硝烟的）

走时　没有留下遗言

他说他还会回来的

要—什—么—遗—言

毕竟他是一只苍鹰

飞去了不再回头

栖息在纪念碑下完成

男人历史凝重的价值

纪念碑上有他女人

用泪珠串成的项链

纪念碑上有他战友

用勋章编织的花环

纪念碑上长满了

少男少女瞻仰的眼睛

他虽然没有留下

什么遗言

却给青山留下了

一曲悲壮的歌

一首珠玑的诗

一篇中断连载的传奇

让后人诵读

谒汪由敦墓

——休宁上溪口人，清代名宦，文学家。

刻在石碑上的名字　曾经荣耀显赫

仕途风云

只有站得高才能看得远

华表雕龙盘狮　庄严　肃穆

石人　石马　石虎　石羊

在墓前各司其责

守护得专注　认真　一丝不苟

款款而来的游人　脚步突然笨重

时间像是突然静止

多年以后也仿佛是多年以前

看得出主人生前追随乾隆皇帝的繁华和

征程的熠熠生辉

如今依山面水坐北朝南

长眠于风光秀丽的故乡木干也算是

叶落归根

一丝宁静安抚着灵魂栖息

石阶起伏

花香跌宕

生命的琴弦　从此从容淡定

出神入化

巴亭广场上谒胡志明墓

——瞻仰胡志明墓

广场的宏大　通过一个名字

庄严而凝重

那个年代的战火已经平息

世界在通往自由的路上

依旧剑拔弩张　硝烟四起

你视野中的躯体

正躺在水晶棺内

此时看不到坎坷和荆棘尽管

你知道自由与民主的艰难

沉睡的陵寝

也只能在冥冥中唤醒一些辉煌　和久远

深山里有辽阔的疆域

——写给昌辉电器董事长王进丁

没有想到吧，黄山市最大的民营企业竟是在休宁溪
口的深山里。

登高望远与一马平川
有着异曲同工之妙
商海驰骋
不在乎一时一地　不拘于一城一池
这个世界只要还有阳光照耀
就一定会有英雄辈出　正所谓兵法有曰
出奇制胜
正所谓在深山里　我们也能看到辽阔的疆域

曾经乡间作坊里的篾匠　泥腿子　苦行僧
与现在的董事长　EMBA　科技精英
奇迹般地竟是一人

我想如果没有超常的思维
如果没有击鼓高歌的勇气
有谁可以创造出如此有厚度的人生

双水归一的溪口啊　　一定是逆境与磨难并行
诗情与画意
共生
站在希望的田野上　　我们已经看到了溪口的天是蓝的
昌辉的标志也是蓝的
而蓝色就是　开放　包容　进取

从年产值 12 万　　到年产值 4.1 个亿
从山鸡　　到金凤凰
从深山思维　　到海洋文化
从乡间小道
到迈入大发展的快车道
开足马力向前吧　昌辉电器
在国际化的道路上抢占先机　　你的智慧和魄力必将无敌

*　此诗为黄山市文艺家采风团走进昌辉电器现场即
兴创作

题老湾泼墨画

叶有三分剑气

蝉有七分豪情

东晋的田园　菊花开了又开

泼出去的墨如行云流水

梦醒　东坡竹的初心依然不改

并节节攀升

猫早已噙香而醉

此时　你的目光会不会停下来

题吴铭彩墨画

色彩　在眼前亮了起来
这是最真实的　花开富贵
香是看不见的道场

唐朝的马蹄卷起一骑红尘
一些泥泞被忽略
犹如船舫上醉酒　倾了国倾了城

写在吴蒙蒙与周长银的婚礼上

今夜泉鱼有十万束灯光绽放

今夜用两个人的牵手去推动爱的波浪

今夜让彼此的心依偎

今夜开始告别　独唱

用三月的誓言互相取暖

用百年的恩爱含住每一个朝夕相处的日子

在生命的驿站里

让诗意的婚纱盛装出场

同学聚会之高尔夫酒店绩溪食府泉鱼 201

彤云聚合

大侠跨洋过海　感受时针在回拨

一枝梅传来江湖令

从洛杉矶深圳上海然后屯溪

在高尔夫酒店绩溪食府泉鱼 201　一群人围桌而坐

纸牌能展现的秘笈　三十年后解密

基督教徒　银行家　诗人　老板　医生　微信里的隐身人

他们个个身怀绝技

但已不再有心里的小九九

放下输赢的时候

曾经同窗的记忆　惊艳了一朵云的心事

龙的头抬起　一场盛宴不再谨言慎行

华彩的乐章伴随着酒令的芬芳

忠的手到处游走　几个回合之后魂牵周公

蓉树吐蕾　燕子归来　白岳匡吉　祁红流香

健步如飞　踏雪无痕

山岚掠过每一个人的心胸

兴致来时　旧时春光依然有如神助

雅安　新闻联播一下子就把我震住了

雅安　新闻联播一下子就把我震住了

一幕幕触目惊心　撕心裂肺的场景

让我凝滞

血液飞速地奔腾

呼吸仿佛急风暴雨

心疼欲裂　泪水横流

我的脑袋开始翻江倒海

我的目光迅疾翻山越岭

残垣　断壁　废墟　裂痕

破碎的瓦砾　歇斯底里的哭喊

倾城之痛　有多少家庭

多少亲情　瞬间阴阳两隔骨肉分离

哦　雅安　你千万要顶住

你的灾难不是你一个人的
你的倾城之痛很快会传遍整个山河
传到每一个同胞和每一个海外华人
女儿从澳大利亚已经捐款给了壹基金
我们也将捐款给红十字会　民政部门

哦　雅安　虽然地震了
但天还没有塌下来
在你的面前　身后　左右
有亿万双手在支撑
有亿万支蜡烛在为你祈福
有亿万的祖国人民在为你遮风　挡雨

雅安　献给你一首不在场的诗

我多想出现在雅安震后的现场

亲手去抢救被埋在泥土　瓦砾　断了的预制板中的女人
孩子

亲手去搭建一座座帐篷

把一袋袋粮食　一瓶瓶矿泉水　一件件衣服

亲手送给灾难中惊魂未定的老人

然而我知道我无法跨越万水千山

雅安　请你原谅我不能亲自来到你的身边

我只能在此时此刻

为你写上一首不在场的诗

来化解你承受的苦难伤痛

来悼念你那灾难中失去的亲人

来祈祷和祝福仍然幸运地活着的兄弟姐妹

世界杯之把睡眠出让给一场球赛

尽管夜已经够黑

眼睛始终亮着

生怕丢失了一粒　　进球

两眼放出电光

绿茵场上的一招一式

连同转身的背影

妖锋破门

鱼跃冲顶

裁判的昏庸当道

足球增添力气

再加上一瓶又一瓶啤酒

光着膀子　大汗淋漓　更适宜这六月的氛围

世界杯之荷兰上演王子复仇记

卫冕冠军西班牙风光不再
只是四年的时间
让一个王朝崩塌难以言说
满地找不到牙齿
是英雄迟暮还是廉颇老矣

5：1发生在上届冠亚军身上
用屠戮一词
丝毫也不过分
范佩西一个鱼跃冲顶
竟使西班牙套路尽失　卡西雨中跪地

保守的卫冕就是被动地挨打
绿茵场没有谁是谁非
荷兰郁金香
把王子复仇记
深深地扎入　这届世界杯的历史

六月　我把心安放在巴西

A 股依旧一潭死水

国足烂泥扶不上墙

悲催的日子　不必等待黎明

六月　我把心安放在巴西

世界杯四年一次　万众期待

每次都让世界沸腾　疯狂

流氓　妓女　啤酒　歌唱　拉拉队

神一样的解说

不见江山　不见硝烟　但杀伐之气在绿茵场上

从来不会停住脚步

请瞪大眼睛　不要错过每一分每一秒

相信奇迹和英雄随时随地都会诞生

生在徽州

照壁怀古

你惊讶的这条河流　我同样
惊讶
它孕育的名流势必会千古
就像现在
我正用眼神扫描着的照壁
照壁上的辉煌　已是风生水起

我想用尽全身的力气
喊出照壁上的名字
喊出内心深处隐藏很深的
牌坊　这些在阳光下灿烂的名字
依次照亮我额前的前程

在徽州　一些名字被水冲走
已无讯息
一些名字沉入石头　成了中流砥柱
如果仔细地聆听　每一个名字的倾诉
再贴近每一片石头
你会感受到胸中的马群　正肆意地奔腾

屯溪码头

船靠码头　你心靠岸

速度在笛声中慢了下来

齐腰的诗　环绕左右

秋风中夹杂着女子的忧伤

重逢竟与离别一样

满脸皆是霜花

日复一日　年复一年

搬运的爱情　无处躲藏

文峰桥

文脉已飞檐翘角

峰峦由远变近

速度与激情在水光里掀起巨大的波浪

屯溪从此长剑在手

隔着廊桥望飞雪横霜

是谁家的孩子　在起舞

刚刚失去的一个夏天

被一艘木质的渔船载走

而离别不再伤悲　相逢也不再泪流满面

岸上的黎阳 IN 巷中走出一群江南美人

一席长袍如同莲花出水

廊桥像伞一样　为她们撑起风　雨

坝址广场

年少时的水车　仍在上上下下

旋转的年轮　恍若隔世

当江水流逝

飞溅的明珠　撒落斑斑点点的时光

而我已不再是曾经的孩童

在坝址广场　沿途遇见的古人已经

衣襟褴褛　弱不禁风

吹一口气便扬起一阵尘埃

再回首　前世的足迹

有些清晰　有些已经模糊

穿越时间的堤坝

收敛闸门　留住温暖

湿地栈道

此刻　我正走在这湿地的栈道上
脚下的流水让我忘记了
时间
在停下的时间里
我仔细地打量　流水中那些欢快的鱼

很快　我临摹起鱼的姿势　让身体
尽情地舒展
仿佛又游回了　我的童年时光

抬头　是世纪广场的风筝
在高空中飞翔
慷慨的清风　在一路送行

那些狂奔的孩童
个个都在追寻
灿烂的笑容

徽风水街

水街在烟雨中流淌

换季的衣服迎风招展

而随风潜入的梅雨　总是与我们

在一年中的一些日子里不期而遇

在屋檐下滴落的雨

换成行行相思的泪珠　用丝丝红线

串起

让我们想起江南的女子　小巧怡人

水街沿呼吸流淌着

洗尽铅华之后

一马平川的马匹

在老宅的墙上　崭露头角

林廊清影

风穿过竹林
带来一些响声
皎洁的月色
点亮了林廊及
林廊间一对对
窃窃私语的情侣

挽起手
再走一程
被风打开的思绪
正波光粼粼
摇摇欲醉

摩崖石刻

苦难的前世　没能淹没徽州的才子

过往的船只

在水中孕育过太多的传奇

阅尽沧桑的手　饱含花开花落

把山刻在了摩崖

把水刻在了摩崖

仰头　那些新安的过往

山水的深浅

已是一目了然

新安画派

生长在徽州　日子的丰饶和滋润

离不开新安江水

江水的浸润　在一幅画里延伸

墨香浸泡的画卷　卷起黄花瘦

感怀时光的长廊上

叶舟轻游　小巷幽深

湖边村落

湖里的水透露出夏天的气息
我还未及开口
蝉就抢在了　我的前面
知了

我虽然来得晚了些
一些早起的露珠　已滑进了草丛
村里的人都赶在日落之前
锄草　耕地　施肥

华灯初上　万家灯火时
张家长串到李家短
是最好的一道下酒菜
我看到村里的男人
就着一壶五城米酒
在与炊烟对饮

猴子观海

亘古不变的石头

在我的眼里它就是

一只猴子

它看海的眼神显示出

忠贞不渝的爱情　一往情深

左右摇摆的是风　携带光阴的脚步

在云层里

起伏不定　深不可测

海突然消失　空旷的山谷一目了然

原来的爱情空空如也　受伤的泉水奔涌

出来　沿山涧一路狂奔

日月同晕　晨钟暮鼓

在崖上　猴子至今也不明白天籁的弦音

何处才是知音

我和这个夏天一起来到孙王阁

我和这个夏天一起来到孙王阁

身后的风比我迟到了一步

空气闷热　而我心清爽

眼前的新安江水　尺度比以前

深了一些

春天的绿叶　还未被世故抹去

水鸟贴近江面低低地飞翔

但始终飞不出我更低的视野

内心的忙忙碌碌　此时仿佛空出了许多

新安江之夜

1

倚栏而立，心境若江水于风中潇洒
凭栏远眺，灯火阑珊处是静夜山城
哦，新安江，情人的江，母亲的江
此情此景就是你——
绵绵于游子梦中诱人的秋波吗？

2

哦，新安江，情人的江，母亲的江
作为曾经的游子　如今我已经回到
你温暖的怀抱
你还是那么地美好如初
今夜月光如银色的叶片

软软地叩击心潮

叩击上上下下四十八年的眷恋

3

我从无数的黎明与黄昏中一路走来

从那些辗转反侧的不眠之夜中走来

从那些铺满乡思之泪的幽幽路径中走来

从那些落花又及秋的美丽哀怨中走来

我没有迷路　我乡音未改

4

独处于你夜色的静谧和宁馨

朦朦胧胧是你浣衣女子翩翩的裙裾

情意绵绵是你少男少女绰约的风姿

有钟声踏古代老街马头墙的音韵而来

有山水烟雨迷蒙如新安画派

有排歌滑翔在两岸青山之域

5

是游子明天我又要去远行

不可能捎走一片风声

也不能留下一丝雨迹

是历史的误会抑或是历史的必然

是生命之树常青的壶奥抑或是岁月

之河飘逝的古遗

哦，新安江，情人的江，母亲的江

伫立于你广袤的胸际

俨然忘却时间的钟摆

老街的老

其实　这条街并不老
它还有很长的路要走
八百年　只是一个瞬间
这里面的哲学
是历史唯物主义的

其实　这条街更像是
一个情欲旺盛的女人
你可以说朝气蓬勃
也可以说丰韵犹存
这取决于你看问题的角度和
视野

走在青石板上
那哒哒的响声

足以证明老街年轻的心脏

可以承载多少双追逐的步履

可以容纳多少风霜雪雨

一转弯　就到了小巷的进出口

一把油纸伞

一个丁香一样的女人

探出了巷子里的几分惊喜

而历史越久

老街就越能散发出　深邃的芬芳

老街的石头

再平静的石头

也会撞击出火花

用一条道路

可以抵达一段鎏金岁月

用一间房屋

可以遮风挡雨安放栖息的灵魂

用一座家园

可以延伸屋檐翘角崭新的思绪

而老街的石头更是

勇于承载

敢于担当

坦露的痕迹经得起任何风雨的洗礼

每一座牌坊

都有一个明明白白的道理

照壁上的碑文

则是精雕细刻句句珠玑的历史

取一方砚石可以书画高雅

当然用做收藏则更显高贵

门前的石狮

始终不说话

它护卫的是财富的神圣和庄严

而马头墙托起的思绪

可以任由你策马飞奔尽情驰骋

在老街

即使是做一块最普通的铺路石

也能愉快地收听踩在上面

哒哒的脚步声

那些风里雨里走过的身影

足以驱散一些风寒

熨平一些疼痛

只要你愿意

来老街

回味这些老街的石头

你就会体会出徽州的博大和精深

徽文化的魅力所在

那些石头的纹理

还可以续写

一道道赏阅不尽的风景

那些马头墙依附在时光之上

那些马头墙依附在时光之上

听扑面而来的

来自世界各地的口音

有时呼呼风

有时唤唤雨

惯例则是接接早起的太阳

送送晚归的夕阳

这些俗世里的客套

是必不可少的

身旁的青瓦

大多会耗尽青春

修修补补敲敲打打是常事

脚下的条石板

油光发亮

足够承载一些光宗耀祖的里程

在袅袅升起的炊烟里

也不乏徽嫂　薄薄的忧伤

旧时光里的徽商

始终像马一样　在归程上来来回回

想见时的悲欢

需要动用一些大红灯笼

撑持起团圆的氛围

再把背井离乡的苦

想见时难别也难的怨

统统地倒进

高高举起的酒杯

我坐在老街的茶馆里

我坐在老街的茶馆里

只一杯茶

就能从眼前回到从前

茶叶的香气

慢慢地飘啊散

这条街的往事和我散失的青春

在冲泡的茶杯里翻滚

请仔细地品

老街它内在的节奏和韵律

能折叠多少光阴

洪通老茶坊

在一杯香茗中清空城市的喧嚣

删除忙碌的繁杂

就像眼前的洪通老茶坊

安静坦然　处波浪于不惊

我的思绪一丝一缕的　柔美致极

似乎与杯中的叶片相互照应

感觉身心一直在舒展之中

不断地漂移　漂移

老街一楼小聚

长篇的流年里
翻阅到这一页

他们的相聚
会发生些什么

一楼的温度在酒水里加热
驱散的不仅有寒气还有孤单

气氛不断热起来
距离不断拉近

再在菜肴里
不断地加入一些红尘俗事

用酒布局大多数时候
会让小聚成为一次开怀的畅饮

生在徽州

一个村庄的前世今生

在族谱里

那是一页页图腾和漂泊的史诗

内心衍生的血脉

在一条看不见的河里

汩汩地流

生在徽州

就得熟悉小桥　流水　人家

粉墙黛瓦

青石板的街巷

四水归堂的天井

雕花窗棂　亭台楼阁

安家落户

无枝散叶

那些隔山隔水的故事

命运的云遮雾罩

一如人生的

五味杂陈

读书　经商　做官

不论山有多高

路有多远

从这里出去的人

都有旧梦一样的乡愁

徽州是每个人一生一世的

精耕细读

徽州

山高
路窄
水路十八湾
乡音走不出几里
遇见的已是外乡人

云里
雾里
都有人家
早晨接迟到的太阳
收工最早的却是夕阳

古村

消失许多手艺的古村　在今夜醒来

腰间的得胜鼓　铿锵有力

舞起龙蛇的双双粗糙大手

举起灿烂的火　照亮整个古村

古村的道路　出口很窄

只容得下金榜题名

偶而也有一些商人进出

更多的村民只能弯下腰来

日出而作　日落而息

一切都逃不过的　是日月轮回

满池荷花已经覆盖

往日的履迹　一如积雪

融化　成静卧村头的水口

徽婺古道

盐和米粒早已隐身
杂草　枯草　蒿草
掩盖着　青青的石板
在断断续续之中

隐约中透露出些许荒凉
路上已没有行人　皱褶的石桥也已破损
几根木头架在上面
徽商曾经的辉煌被现实的尘
——褪去

像一本泛黄了的线装书
鲜艳的色彩　已经沉寂在旧日的
时光里
风餐露宿　细水流年
不见鸟鸣　也不见耕作的农人
古道如今在寂静的山坳里
独自地守着时间的秘籍
安度起失忆的晚年

祁黟古道

一条古道陷入寂寞难耐之中
曾经的辉煌现如今已经模糊难辨
茶花　桐花　芦花　紫薇花
依次路过的

正是我们的必经
春夏秋冬　风花雪月
暗视力透过墨镜穿越了天高云淡
菖蒲剑指蓝天　挑落一世的尘埃

白塔茶叶公园的七月

七月就此告别江南的梅　桃花

油菜花

就此亲近紫薇　桐花

靠近尚未到来的桂花

花与花之间　到处是明亮的诗

酷暑令风已不知去向

每一个来过的人　就此朗诵起来年的茶花

火岩石

火岩石点燃　一颗颗炽热的心

燕子归巢

她承载着的爱情　亲情　乡情

有几分轻重

那些桐荫散发出一丝丝的清凉

沿着石径蔓延

金牛洞里的菩萨　曾经临风而立

左手莲花　右手智慧剑

而我们来时　一路寻觅的那些繁华烟火

却隐匿于凡世的尘埃中

燕山

山谷里溢满了茶香　燕子依附在时光的内核

尽管翅膀已化作石头

保持有飞翔的姿势回归龙脉

让思想放射穿透之光

让柏溪的前世今生　得以落地生根

石笋坐地也能成为一道道亮丽的风景

火岩石点燃了大山　永不泯灭的希冀

有多少苦累都可以

忽略　石头的沉默与燕子的欢唱同时注入

大山的脊梁

阗盛植物园

植物正是我柔软的情怀

守候风景的同时也守候着诗情画意

不朽或永生　孤独或欢乐

乡村苦涩的艰辛在这里已经换装

干渴的内心注满幸福

滋润的生活正昂首阔步

莺歌燕舞

鸟语花香

有一万种植物

就有一万种风情

玉兰花天真无邪

紫薇花笑得最灿烂

金牛洞

前世一定有一座庙宇

可以供我

修行　打坐　普度众生

时光在柏树林里

满身茶香

梦里反复出现的一张张脸

离菩提树不远　村庄的旮旯

离等待的脚步声也不远

悬在洞口的那一枝攀龙藤

一伸手

就成为转经筒反复吟诵的轮回

夹溪河漂流

水流过处　隐去的皆是往事

橡皮艇不会自寻退路

激流　险滩

构成兴奋的支点

沿途的风景压低了声响

一路的畅快踏平了浪花

时而风卷残云

时而平湖秋月

两岸的茶香

闯进这个夏天的末端

一支桨划过来

城市的疲倦　顿时轻了许多

小壶天

总是在季节里把祝福与期待

酿成酣酣的酒意

醉别人

也醉自己

醉唐寅和徐霞客

醉在源头

从此淌香飘四海的梦境

而一梦

再梦

从此再也掩不住

心扉

石屋坑

——原休宁皖浙赣三省省委旧址

凿石开山为壁
垒石作砖砌墙
在陡峭的石崖上
石房子依山就势

垒阶级　修埠头
碎石垒石房
罗马柱栏杆
浓淡总相宜的皖南民居

石屋坑的女人

头巾盖在头上
一路上劳作的女人
是最美的风景

村庄里的男人
大多都已经出家打工　挣钱

红军也走了好些年头
不能走的　都是碑文里的字

中午吃红军菜的时候喝了些酒
就此打开的念想
给老屋　增添了一些欢乐

石屋坑居高临下

石屋坑居高临下
红军医院在石屋坑上
山上的水往下
红军的鲜血　染红了红军菜

而水是清的
　血是红的
水满足了生活
血满足了信仰

祖源村

时间会让迷雾散去　可
之前　我对你一无所知

现在　我让春天的荷尔蒙点亮
一脸的幸福溢于言表

红豆杉是对你千年的爱恨
梦中的老屋　有多少心锁悬挂

祖源心锁

把自己锁在家乡的门外
开始了背井离乡的痛楚
开始遥遥无期的乡愁

把大山的月亮揣在心底
把归程用棉袄包起来
当每一天的劳作停下来
当乌云散尽
总想着能够诗写人生一路花香
总想着光明显山露水

晒袍滩

乾隆帝下江南
又多了一道美景

神话　神树
那件龙袍经历过多少红尘

大大小小的一群石头
托起的溪水清澈透明

蝴蝶在茶花上　翩翩起舞

冰谭

冰谭透明

从她眼中可以看出　山的宽厚
仁慈　沉默如金

看出不加修饰的野草
美人　花红柳绿　云彩飞扬

投入一粒石子　还可以看出
波浪一层一层往前推　春潮涌动

西递

一方水土养一方人

往西递去　抛开肥腴和贫瘠

触摸世界的眼睛

山和海同样辽阔

烫金的商字光彩照人

石头　木梁　砖块

再把思想刻进去

纹理是真实的福禄寿囍

老百姓过日子

看得出　草生草死　花开花落

靠近水珠的地方

屋檐　正被许多路过的游人仰望

归园

那些灰白在马头上低语

那些植物在花园里疏影轻红

说到商人离别处

在桥头　一个女人的回望

总显得　瘦弱

光明顶

红尘近　视若无

远离红尘

看破红尘

头顶光明自然六根清净

躲进深山

在晨曦中敲响木鱼

在斜阳里擂响石鼓

打坐　观云海　赏雾景

闲时以朱砂为笔

布水研墨

叠嶂做架

绘出一幅水墨黄　寄山水

无奈时摊开手掌

让芙蓉出水

疲倦时合起双腿

槛窗内　枕头　卧云

干脆

做床上的石佛　睡千年

做醉翁

面若桃花　白鹅莲蕊

梦幻黄山

有仙人指路　黄山举重若轻
上天都
登光明顶
在一朵莲花中　绽放自己

到处是水墨
云雾泼出去
如椽的是生花妙笔
紫烟在香炉中升旗

梦里生出的花朵
随风潜入了梦境
观瀑楼里观瀑
迎客松下迎客

爱情的连心锁

连理松

是多么浅显的道理

云雾瞬间能堆成一座海

望海的不只有猴子孤单的身影

累了　就在棋石峰上歇歇脚

看看岁月的薄刀

是怎样地削峰如泥　割叶为枝

芙蓉和桃花　这两个女人

如圣泉在潭

一个芙蓉出水　风情万种

一个万里桃花　妖冶迷人

在黄山　也请卸下心中的牌坊

丢弃尘世的叠嶂

骑白鹅

牵牛鼻

卧云峰

一座山和一座城

一座山和一座城
拥有相同的颜色　相同的美

雾上来　是岛屿
雾下去　是山谷

人上来　是天都
人下去　是醉石

来来去去
是一座山和一座城
孜孜不倦的相守

天都峰

远离红尘
又被红尘　亲近

年轻的情侣　向往
这天上的都会

不必海誓
无须山盟

只需一把锁
锁住彼此的心

把钥匙
丢给天长　丢给地久

鲫鱼的背
路有些窄

爱情走上去　一定要小心
再
小
心

莲花峰

一块山石在坐
莲
口吐莲　心数蕊

一寸　一寸抬高
石阶
花儿朵朵　脉络清晰

依玉屏
望天都
起掌　收掌

在醉石中　守望
在逍遥溪里
遨游
在梦笔里
生花
无欲　无求

醉石

在竹雨里听涛

在观瀑楼里观瀑

尘世的累

早已散去几分

空气中有足够的氧

这是上天恩赐的甘露

把它比作美酒

李白来此饮过

从此在逍遥溪里

沉醉不醒

醉石

一头醉入溪水

一头醉入石头

歙县

皖南烟雨迷蒙

歙城古色古香

太白楼里曾经斗酒的诗仙

引来了四面游人和八方宾客

醉卧沙滩

一边是长庆寺塔新安碑园

一边是古歙城口许国石坊

曲径通幽

多景园卵石长廊

历史之迹斑斑点点

鱼梁古镇水埠

徽墨歙砚疏影暗香

最是那民风民俗民居

总也改不了满口的徽州风味

书院

时光发白
院落荒芜
杂草已多年没有梳理
窗棂上的梅花
有些黯然　灰白
蜘蛛在忙着结网在布局
曾经十年寒窗苦读的主人
早已不知去向

一只蝴蝶闯入书院
带来一丝亮丽的风采
虚掩的木门进出也很方便
想象中的满腹经纶
青灯黄卷
都是过眼的云　烟
如今的书院
是乡村的一本发黄了的线装书
偶而也会被我们这些无聊的游人
掀开一角

郭 村

太平天国的战火　早已归还给岁月

没有雾霾的空气

你大可以肆意地呼吸

竹海滴翠

枫叶涌金

弦歌在秋韵里飘逸

步道

水渠

房屋

每一片碎石都在展示一种逻辑

恒水桥上匆匆走过一对情侣

风突然拉紧了

老街的腰

焦村小镇

如果不能仗剑天涯　行侠四方

那么就让这人生路上一次短暂

陷身给皖南

一座叫焦村的小镇

先用羊栈河里的水

洗一洗身体里的锈迹

再在观音阁内求一炷香火

压一压城市冲动的欲望

或者　齐聚于郭村大酒店

放开喉咙更敞开胸怀

借助一杯酒的力量　把藏于灵魂深处的激流与瀑布

朗诵出来

梅岭山庄

村村通公路在石岭上蜿蜒

耳旁掠过淳朴的乡风

善良的老人把诚意写在脸上

一路上的金色也

将深秋刻画得淋漓尽致

叶落归根处

照壁已挡住所有鬼神的步伐

此时　你看见一个巨大的福字

正在照亮整个梅岭山庄

车过汤口

车过汤口　和今年的第一场雪

幸会

这期待之中的雪

终于抹去了秋天的皱纹

覆盖了人世的沧桑

把大自然粉刷一新

这期待之中的雪

一身洁白　抛却杂念

沉静在天地之间

博大的心胸如同一张白纸

大雪无痕　物我两忘

车子的选择永远在路上

丢弃一条旧路

奔向一条新路

这样的事情每天都会发生

而人在旅途

注定了苦涩会与甜蜜同行

何不放下人间的是是非非

去追逐前面更加广阔的风景

太平湖

不像江　海　时常潮起潮落　起伏不定
更多时候　我都静如处子
我喜欢月亮　灵魂　柔情似水
这样一类的句子

我容许一两声鸟鸣　靠近
容许雾里看花　也容许碧波荡漾
容许酒意翻滚
甚至青云扶摇　直上九霄

我拥有高深的理论　莫测的思想
我可以擦拭月亮　洗尽繁华
雨　雪　冰　都喜欢沉湎于我宽广的胸怀
不愿意被岁月带走

萌坑村

在脚店歇了会脚

此去路程遥远　不急

铁拐李烧的三炷香还在村头引路

面对大坟墓

一个村庄的卦是吉是凶？

油菜花香且美

牧羊的老人骑在山腰

身处歙县　举目是绩溪

风居中　水流向两边

高高的墙头壁画

有儒家的光辉思想　延续古今

时光隧道

维纳斯的蝴蝶

——为卡诺瓦的大理石雕配诗

风尘赴赴　你知道飞翔的累
奔波的苦
放下一切该放下的吧
暂且收敛起翅膀　把梦
停靠在一只有力的掌上

你会感觉到栖息的暖意
爱　是多么容易满足
女神的眼里早已经蓄满春水
心　正向着陶醉奔驰

一只等爱的狐狸

隐形的风吹向山野

把发凉的苦痛留给暗夜

一阵香气袭来　让你十分感慨

守住了千年的寂寞　却守不住这一夜的

狂欢

我是　一只等爱的狐狸

把夸张的流言托付给八月

我从水流声中走出来

隐去身边的树　隐去兵法

隐去天时不如地利

地利不如人和

空旷的山谷

还留着我的体温

蝉音唱响自然

在山脚　我想唱响世界

唱响自己的喉音

我是　一只等爱的狐狸

瓷鹰

与你眼睛对望的
是我　花径上的守望者
幸好是在这样的夜晚
你已不再飞翔
都说翱翔的翅膀
是需要栖息的
而此时你满蓄的欲望
纷纷满溢
羽化成瓷器也是一只鹰
在羽翅折不断的地方
听海的神韵
听秋的遗韵
轻轻地拍响

蝉

耸耸肩、蝉壳落了

春便滑过尘埃

滑过蝉翼透明

漫向强弩之末

  漫向深渊之藤

也终于耐不住寂寞

耐不住花谢

划破春之喉舌

如剑兰

如利刃

  如醉汉之歌

如白兰地之酒

蝉音躁动涌出林丛

涌出苍穹涌出草木葳蕤

涌出七月主旋律

为夏之声鼓动

为噪热鼓动

为陌生的沙滩鼓动

为三点式追浪鼓动

鼓动　鼓动　鼓动

鼓动如狂热之雨

鼓动如强劲之风

蝉音漫进小巷

大蒲扇子纷纷扬起

棋盘石也纷纷出动

蝉音逛遍大柏油马路

逛遍七月之城

世纪广场上夜游之人如梭

电线杆子依偎醉汉

　　依偎晚风依偎情侣窃窃私语

依偎小城故事多

化蝶而去

叫我如何地

坐怀而不乱呢

就如此时　你凝神倾听

午夜的钟声

轻　轻　洒　落

空旷的心湖

往事四溅

又杳杳无音

空蒙中

阵阵凉意　伴随

童贞时的浪漫

无端地

在月下徘徊

日子纷纷散失

如忘情的游戏

时间的长裙

屡屡地碾过　心迹

之后　化蝶而去

为你的琴弦

最好是不留下　些许
影子
最好是让影子
风干
在岔路口
你背转过身说　告别吧
且不许哭泣

眼眶在凝聚情感
沉默如钟在指尖　咯吱
作响
灰网垄断的天空
隔着栏杆

不会再有分别了　琴弦
定位在往日之上
可总有音乐如期而至
蝶影自黄昏深处
纷纷　入梦

无花果

隔岸远远望你　瞳仁

映你美丽的风景

今夜里波浪逐涌　心境

轻曳虚幻入梦

铃铎和钟声响着

马蹄之音

追逐放飞的邮票

夕阳西下

而无数的梦境都香飘四海了

季节里只有花期

没有果实

思念在岸与岸之间

灰飞烟灭

紫薇花开

一朵朵紫色的花

挂满枝头

一个个都露出了灿烂的笑容

尽管太阳够毒辣的

天空辽阔　白云无边

紫薇花下　一个江南女子在回眸中的

一笑　舒展了无限的诗意

在乌石湿地遇见盛开的蓼子花儿

在乌石湿地遇见盛开的蓼子花儿

仿佛遇上一场轰轰烈烈的爱情

心跳　始终一起一伏

紫色是此时最自由的灵魂

这些醒目的精灵　正尽情地醉心于悠闲时光

还能有谁　不渴望这份美

还能有谁　不想在这份美景中递出内心的芬芳

在乌石　蓼子花儿用花朵打开秋天

在乌石　蓼子花儿用花朵打开秋天

你看那一朵接着一朵

一朵挨着一朵的蓼子花儿

点亮了多少游人的行程

在乌石　有多少梦在暖阳里轻歌曼舞

有多少深入骨髓的骄傲

让层层叠叠的花瓣　压住寂静

让簇拥着的爱　从舒溪开始　浩浩荡荡

流星

守夜之时并没有
孤独的感觉
因为太阳神的诗句
你显得明丽而潇洒

思想如鳞片闪烁
睁之眼却如美丽的旗语
伸只手掠过童年的
额际
平和安详如展翅的青鸟

不唱骊歌也不唱哀歌
唱少男少女手中的蛱蝶
飞檐而上　又飞檐
而下
越过那道季节的门槛
然后　悬垂于耳际如耳环
做一次核的裂变

雨铺天盖地

雨铺天盖地

我们走进伞下

然后　我们走进车厢

听雨的声音

在四周蔓延

听雨的声音时

你心烦意乱

车厢内闪着高山流水

似乎能给我们

一首诗的意境　和

灵感

过暗道时　你说

眼睛和阳光一样

令人难以忘怀

风不朽行走不倦

暂且把昆明血案撇开暂且

把马航 370 置之度外

不要让这些人类的丑恶败坏我们的

心境　不要污染视线

不要玷污灵魂

冰谭洁净的水

溪口清新的风

祖源千年的红豆杉

昌辉电器奋斗的辉煌

在一点一点

占据我们内心的江山

走上生活之岸

何必总是在寂寞的雨巷里
独守着梦的鸡冠花
何必总是在孤独的窗口里
摇响着叹息的风铃

出现在窗口的月亮
也还是圆少缺常
那么又何必强求
人生完美无缺

何必总是在银色的海湾
静待蓝色的帆
何必总是在辽阔的星空
遥想炫目的星

合起翅膀的彩蝶
谁能否定她的美丽
既然梦之舟已经搁浅沙滩
不如就此走上生活之岸

再生之地

伫立于我心的堤岸上　望你

迷人的歌声

注定是　远行的风筝

　　　　　飘逝的黑发

且没有猩红之吻

通向你的邮路　时常堵塞

程控电话又摇不通

你说　心愿常是孤独的公寓

我不是一个英雄　对于你

挽留不住的事情

我别无选择

在没有倒地之前　我只能

竖起肩胛继续走人生

偶尔也回眸　看一看

那美丽的流程

于花径之上

是怎样的消失　于有声无声

一个人的时候你　你不会以为

我　孤独在岁月的尘垢里

孤独在黄昏的绝唱里

我有足够的时间　每天

都在自己和自己下棋

且没有反悔的习惯

每走一步　我都能自己照应

自己

甚至走向再生之地

　　甚至那片燃烧的风景

城市印象

铁栅栏红黑相间

斑马线黄白相间

高速公路　立体桥　隧道

错乱的时间

杂乱的空间

四季不再分明

摊头小贩在贩卖

反季节蔬菜

食品　药品　生活的日用品

纷纷拉响了警报

黄色的影碟

贴上红色的标签

白色的木棉

如鸣剑

老房子在身后倾斜

打工的人群

泛滥在火车的车厢

职业病人在挤公共汽车

那些荒废的村庄和田野

在口中跑调

晕车的现象

随处可见

掘土机分不清白天和黑夜

醉酒驾驶屡禁不止

跳过红绿灯

高铁东进西曲

钢筋和水泥

每天都在剪彩

房价像一把匕首

刺向城市的心脏

虚假的生活

其实　所有的骗局都指向生活
地沟油　三聚腈氨　苏丹红
包装上市　买官卖官　人造 GDP
无力抓缚老鼠的猫

房价越走越高
股价越走越低
平民日常开支越来越大
工人忙下岗　农民忙拆迁

怀旧的人
找不到方位
原居民正在被居民
钢筋和水泥正在一路狂欢

口袋里的钱
越来越不够用
养老　医疗　读书
越来越多的声音却在拉动消费

清明节

民间的族谱　故世的人

引领着人民

边走边流泪

流泪的眼睛　一片模糊

焚烧的香灰

在空气中弥散

祭祀的牲畜　燃放的鞭炮

墓碑上的字迹越来越斑驳

用虔诚向祖辈祈祷

向先人下跪

　　　磕头

　　　作揖

面朝黄土

大地无语

背朝蓝天

鸟鸣失声

清明这样的时节

总是拉动人们的衣襟

模糊的泪眼

伤透的心灵

中秋节

这枚圆月被蓄谋已久

这是一枚被各方炒作红了的月亮

风的凉意

花的无奈

生活的无情

异乡的窘迫

全部都被它的光环所笼罩

把酒赋诗

花好月圆

亲人团聚

梦笔生花

而制作出的天价月饼

一定会让你忘记

人间的疾苦　草木的忧伤

走出峡谷

走出峡谷　之后你额头

平静了许多

在柔柔的黑白时间里

瀑布消失

旋流渐趋平缓

你眼睛非常深邃

就像一面镜子

为祝福岸边那晚秋的风景

一树的梧桐

呈现静态的美丽

你穿起一件宽松衫

望着唧啾归巢的鸽子

微微地笑了笑

就像一面镜子

醉　秋

坐在哪里还不是一样
你此时浪漫的程度
正随意地流过一片麦地
麦浪摇曳
有说不出的愉悦
持镰的农夫　割穗的少女
离你很近
你一动不动
静静地望着他们
熟练的手势
任感觉随意地浮动
偶尔还会触及
他们温热的目光
他们温热的目光
和你的目光一样
醉醉的　酣酣的
在随风飘拂的歌声里
空酒瓶遍地都是
空原野一片苍茫

夕阳

鬓白的花发盘蛹着年轮
终成无法抗拒的
警示
回眸之时有白鸽自钟摆声里
划入回归的宁静

无疑　多彩的云锦已是
夏天的履历
拂袖间
一缕淡蓝色的忧郁
步入心田

多怕跌落这美丽的晚景啊
辽阔天际在你的心境
夕阳如火在你的烟斗

燃起红红的欲望

而用力一吸中

夕阳如你

你如夕阳

轻音乐轻轻涌进早餐

霞光弥漫显影在蓝格子纱幔

剪碎的梦境荡然无存

仿佛中昨天朦胧成一只信鸽

在滑翔中远远地去

童话总是带有昨天的背影

而背影只能是今天的清晰

电视预报说天气晴朗

轻音乐轻轻涌进早餐

想乘筏人做击浪之势

钓钩并不沉重
钓鱼人好久拉不起钓竿

江岸很沉重吗
缓缓移动
已不见拉纤人的身影

竹筏也已消失
在新安江多雨的季节里

轻轻地闭上眼睛
想乘筏人做击浪之势

父亲

在我学会世故之前
你已不在
你看见的永远是
我单纯天真的一面
时光在潮水中起伏
你的身影
已经穿越多年以前
一滴泪
在江南洞穿我的心扉

泪眼模糊
笑容依然慈祥
态度依然和蔼
在我所经过的每一个梦里
你总是愿意弯下腰来
亲亲我的额头
从此不肯醒来

父亲的天空

父亲一走神

他的肉体就消失了

从现在看过去

我看见的只是我的梦

父亲的天空一再压缩

到了泥土的下面

有时候从梦中

突然醒来

我就大汗淋漓

像只被烤焦的鹅

无力挥动翅膀

我惭愧万分

赶紧起床

可

父亲永远都比我

起得早

给父亲上坟

1

即使行程再远

所有的脚步也会不由自主地

停下来

四月　是一个驿站

每每触及我一生中

最隐秘的伤痛

扛起白色的旗幡

走　去亲近我久违的亲人

给他点上一支烟

给他敬上一杯酒

给他燃上一炷香

任泪滴洞穿我的　每一根骨头

2

你从来没有当面说过你爱我

但我知道你一直都在爱我

你的墓碑上有我的

名字

名字刻得很深

又恰到好处

这辈子都会不离不弃

我想这就是一种

爱的象征

3

一杯离别的酒

唤醒多雨的内心

敞开的喉咙

发不出一丝声响

怕惊醒你沉睡多年的梦境

如今我来到你的墓前

心思已是两鬓斑白

可以找到的一些

温柔的细节

排列成一行行不太平仄的诗行

丢失多年的记忆

再苦也是甜的

4

时常在心里呼唤

今生的痛苦和幸福

都会与你　不离不弃

即使长再大

即使走再远

在你的墓前

都得把腿跪下来

把头低下来

把心静下来

对我来说

多少年过去了

你一直都未走远

我每走一步

你都会形影相随

并不断地调整

我　做人的方向

12路公交车

——写给母亲

几乎每个星期

我都会去看望母亲

她是一位八十三岁老人

去看母亲

如果不骑车不打的

坐 12 路公交汽车就是最佳方案

母亲住在天都小区

我们这座城市的西面

我住在世贸绿洲

我们这座城市的东面

城市的拆迁和扩张

拉远了我们之间的距离

母亲不识字

但识得很多的道理

就像眼前的 12 路公交汽车

它的来路和去路

都不会迷失

妻子的生日

春节的烟花　在空中弥漫
喜庆的色彩又围绕过来
饼干让蛋糕成为圆心
葡萄　苹果　火龙果
是一个个成熟　出彩的日子

日历停留在 2011 年 2 月 8 日
烛光在掌声中升起
生日快乐
生日的主角　我美丽的妻子
此刻正双手合一

致女儿之一

父亲的天空　尽是你充满童贞的影子
你的一举手　一投足
装满了父亲的眼眶
咔嚓　咔嚓
照下了你的每一个瞬间

五百年修得一回眸
作为父亲　我想不光是给你一个称呼
那么简单
我时刻想着　用我的肩膀
或者你站在我的肩膀上去跨越更上面的
那一级台阶

再高一点　父亲就无能为力了
就像舞台
它已经超越了父亲的身高
父亲只能在台下　和其他观众一样
看着你在属于自己的舞台上主演最精彩的
自己

致女儿之二

如果可能　我愿倾其所有

让你读最好的大学　过最优逸的生活

留学　掌握更多生活的技巧

譬如

驾驶　与人交往　旅游

做自己专业的领军人物　独自驾驭

自己的一切

你发来短信　开玩笑说

受人滴水之恩当涌泉相报

这辈子欠父母太多

我是你的父亲　我不希望你活在我的

影子里　或者是不要在我的影子里生活

你有你的天空　和色彩人生

太阳每天都是新的　一天
你把电影里的台词翻译成了英文

是的　这一点我很满意
我对你的付出　不需要你报答
更不需还本付息　我想对你说的是
太阳每天都是你的

我对你的唯一要求　是不要虚度光阴
要学会把握　生命里的每一分一秒
学会书本中的知识
更要学会生活中的原理
学会依靠自己　依靠团队　依靠社会
借船出海　借力打力

从上海浦东机场到澳大利亚悉尼
你走的是两点之间取直线　距离最短
速度最快
不像我　一生走了太多的山路
太多的弯路

平生第一次离开祖国　离开生你

养你的这片土地

离开你的父亲母亲　你的奶奶　伯伯　叔叔

外公　舅舅

离开你的老师　同学

离开你的青梅竹马　徽州人家

当然　上帝是公平的

在离开的同时　你会拥有许多来自

不同国家的同学　校友

这些也是你生命中宝贵的资源和财富

你所拥有的平台　至少起点是高的

你要学会比较中西文化的差异

尽快地熟悉这陌生而又全新的生活

你要学会用日记　记录下生活中的

点点滴滴

最后请你记住　世界每天都在变

不变的是学习和你能力的提高

只有长袖才能善舞

只有艺高才能胆大

致女儿之三

也许是暗合了某种上天的旨意
你名字里所藏匿着的玄机　是我不曾想到的
第一次远离父母
第一次远离祖国
第一次在远离祖国的城市布里斯班　过着祖国
2012 年传统的春节

鹤舞飞翔　你名字里的鹤
是前世注定的一次远行
它缩短了　你与世界的距离
它忽略了　一年四季的更替
一只鹤　形单影只的宿命
让天空高远
令山河渺小

云腾五彩　你名字里的云

在天空和天机的深处

借一朵云畅游的境界

你跨洋　过海　泅渡苦难

你留学　打工　修行人生

在一匹马所无法抵达的领空

逐一展示着你的一举一动

父母的嘱望　如一盏手提的灯

正一点一点地　拨开你前程中的迷雾

令思念抬高了生活的厚度和宽度

中间穿越的风　霜　雨　雪

已经足够承载你翅膀的质感　动感和美感

你飞起来的身姿

使江山渐渐地瘦　心胸渐渐地开

致Z C H

从城里退下来那一天
你便学会了沉默无语
沉默无语像一株
站立在村口的古檀树

你倚着古檀树
倚着六十年的记忆
而古檀树
据村里人说和你同龄

如今古檀树已是老态龙钟
你已是老态龙钟
古檀树的身躯
弯成你弓着的背
射出去的青春韶华

弹回你的满头花发

六十年来你没抽过烟
你和谁都说不会抽烟
这一天你却
抽
了
很
多　　烟
仿佛抽了六十年

你大口大口地抽着烟
大口大口地喷着思绪
虽然你的姿势并不很美
可我却从你的背影
和那缕缕的烟绪中
看见一个升华着的主题：

古檀树老了
内心会空虚
你老了
内心却更加充实

段落层

在我的诗频近
洞穿一切的地方
我陷进了
段落层

十几年的光阴一落千丈

这绝对　是一个误区
但我必须
咬牙切齿
无论崖顶或是谷底

四十八岁身陷其中

我开始把帽子丢给了
身后的风
我开始摆脱了鞋的束缚

我因此获得了自由

视野突然开阔
世界突然美好

拣起一块石头
抱紧一块石头
和石头相拥为水
和石头相拥为冰

石头开花

而我的诗歌
就成了我的十个脚趾头
我的十个脚趾头
就成了
十朵芳馨的花瓣

在四十八岁的灵魂深处
花蕾告以
段落

断崖之树

忧伤的日子　沿你空洞的断臂

纷纷飘零　如宿鸟

飞翔　在世纪深层的孤独里

凝固的记忆　在最后一滴血中

优美地绽放　又

优美地凋落

霞光弥漫　世界站在你的身后

你站在昨天的身后　一闪而过

太阳跌落梦中　填补着

你空寂的心灵　轨迹无声地

滑翔　心因之而渐丰渐满

脸很年轻　没有皱纹

为一次意想中的情爱　童话

竟如此短暂

该怎样地与你叙谈　或是拥有

那支空洞的断臂呢

尊你为圣者　尊你为至爱人生

面对你深刻的白色　人们说你

　白得纯洁　白得艺术

你的名字

枪声由远而近
频临我们城市的上空
击中你的名字
血染所有孤独的日子
星光在上　而
你的名字在下

把名字涂得一塌糊涂
准备好邮票　茶和烟
然后静静地坐在椅上
任南来的风声
弥漫指间的烟火

目光穿越名字的
所有角落

足迹遍布累累的伤痕

把名字想得出奇

把名字想得灼人

想那一封封蓝色的纸笺

跃然

于桌间的平面　你的视线

终于有朋友蜂拥

拥坐于你孤陌的居室

操如簧之舌　如操起你的名字

说是如今这名字福气好

说是这世界

唯你情有独钟

这令你惶恐不安

仿佛一把刀子

在切割你原有的形象

支离破碎

而你看不到

而你无法看到

是不是无法更改了呢

是不是注定的悲剧呢

仔细想想

你的名字由来已久

且极富诗意　不可一世

中国血液

沿袭于汩汩的长江之源
旋回于潺潺的黄河之涛
奔流　旋转　跌宕　咆哮　沸腾
中国血液
奔放如雄狮之奋蹄
剽悍如巨龙之图腾

为盘古的某一声昭示
钟声般跨越世纪之窗
七千年文明　七千年拼搏之史
七千年电闪雷鸣
七千年狂涛骇浪
七千年中国血液
盈盈不亏
　　汩汩不竭

奔流不息

曾经一阵洋枪洋炮远涉重洋

圆明园废墟显示多难的国土

曾经一阵以红色命名的潮流

梯形田方式呈现荒芜的日子

中国血液呀

几度沧海

中国血液呀

几回桑田

历史的栅栏

终究被时代的步伐——推倒

中国血液雄性的醒狮

屹立华夏之邦目如铜铃

中国血液图腾的巨龙

昂啸炎黄之疆呼唤传人

黄花岗　雨花台　人民英雄纪念碑

中国血液托起历史的沉浮

中国血液新型的血液

中国的生命之巅

中国血液从来不曾断源
中国血液从来也不白流
中国血液展望绿茵般崛起的植被
鲜笋般拔节的日子
那一度被硝烟弥漫过的苍穹
那一度被鸦片污染过的蓝天
现在已被擦得透明如洗
那一度被弹林枪雨浸泡过的土地
那一度被屠刀绞索砍勒过的田塍
那一度被十年浩劫咬噬过的心灵
现在已被冲刷得碧绿晶莹

中国血液呀
因之而铸就长城风骨
因之而铸就翠竹亮节
因之而铸就黄山之躯
因之而铸就西湖之波
因之而铸就海棠叶一般

关山万里之版图

中国血液呀闪闪的民族光泽

溶溶于宇宙万物之晕环

溶溶于泥黄色土地之乳汁

溶溶于旭日晓月之光

溶溶于三月桃花之色

溶溶于七千年古笛之音

溶溶于当今世界之流向

以中国特色

冥想

车厢里人很松散　即使靠在一起
也隔着一条安全带

其实人心还隔着一层肚皮
不要走得太亲密

即使太亲密
在一幢楼里　还隔着防盗门

即使在一张床上
还有着许多异样的梦

这些词语

这些词语真好　我想到哪

这些词语就跟到哪

从不扭扭捏捏　完全符合屈从

似乎信手拈来随心所欲

想过背叛　想过暴动

想过一首诗歌的千辛万苦

最后时刻的满足

是这些词语　被我——写在我的诗歌里

江山

江是山的肚肠
是肚皮里的弯弯绕

山是江的背景
是背景中的依靠

有江　山就增加了厚度
有山　江就不会枯竭

江山连在一起
谁都想去坐一坐

读史——李煜

都说帝王是最大的流氓

妃嫔三千　佳人无数

都说帝王是最大的杀手

钩心斗角　杀人如麻

顺我者昌

逆我者亡

斩立决

莫相忘

左手美酒

右手美人

花不完纸醉金迷

唱不尽纵情声色

沉醉于自己编织的梦中

待兵临城下　方悔悟

怎一个迟字了得

南唐碎了

昔日的江山

已狼烟箭镞

换回的一只囚笼

流放出一词的优雅

无限江山啊

别时容易见时难

远足

不知不觉中
一连串的动作
承受着压力
压力来自各个方面

城市里行人很多
也很拥挤
风景依旧存在和美丽
那么乡村呢
你游离的目光开始不安

这样想着你就上路了
不知不觉中
丢失三分之一的钟声
荡响在城市

三分之二的钟声

渗入一座森林

而此时你在一棵树下

一种未知的命运

使你内心充满怀念

西湖

且让这日子悠闲　淡定

且让这时光散漫　一发不可收拾

吴王东逝　收敛江山的霸气

只留下美人

来引领你的浪花朵朵

引领你的孤山风月

散尽酒色

一见倾心　凉堂之上渐入佳境

芭堤雅

芭堤雅　迷人的夜色更迷人

海风吹不尽人妖

酒吧里看不见　酸涩的泪水

暧昧　陷阱　瓜葛　不能赞美的男女关系

宛若美女的男人　宛若男人的美女

皆是醉生梦死

还是有很多人陷进来　无法自拔

富人的天堂　穷人的泪水

环伺左右

也有赌徒暴富的神话　也有毒贩鸿门的宴席

香艳的镜头含有酒色的味蕾

火焰终会化为灰烬

夕阳终会沦陷

歌谣里熬尽了诗情　一扭身　就瓜熟蒂落

·后记·

让诗歌走进生活

汪春茂

起初的身体是浑浊的，迷茫的，甚至是不自由的。像是在水里的波浪一样忽而被推至浪尖，忽而被推至谷底。完全不由自己做主。所有的事情都是碎片化的、零星的、无法完整保留下来。好在还有一颗诗心在，让我能够坚实地踏在徽州这块土地之上。岸上的一切都是新奇的，春夏秋冬又在不断地变化着，这让生活富有了诗意。

1987年6月13日，我在《徽州报》上发表了第一首诗作《走上生活之岸》。

那时的徽州文学氛围很浓厚，身边也聚集了一大群文朋诗友。一些报刊也大量地发表了本人的一些拙作，比如台湾的《葡萄园》《黄河魂》，还有本地的《黄山诗歌报》《火花》等。一些有名气的纯文学官方刊物《诗歌报》《飞天》等也都陆续发表了本人的作品。

80年代可以说是诗歌生存、写作最充满激情的岁月。1989年成立的黄山市青年诗歌协会，本人还出任协会的副会长。

90年代以后，由于众所周知的原因，纯文学包括诗歌受到市场经济的挤压再加上一些先锋诗探索的失败，诗歌的语言越来越晦涩难懂，一些诗人怪异的行为，脱离生活，脱离大众，导致诗人日益被边缘化，纯文学刊物也出现了倒闭潮。

正是出于诗歌环境的恶劣，一大批才华出众的诗人迫于现实生活的压力纷纷选择逃离诗歌。本人也正是在这样的情景之下停止了诗歌写作，没有想到的是这一停竟然就是近二十年的光阴。

一直到2011年2月，我女儿在出国留学澳大利亚之前，替我收集整理了大量以前在各类报刊上发表过的诗歌作品放入博客中和全国各地的诗友进行交流。我迅疾感到网络和博客对诗歌艺术推动的强大力量，大开了眼界，大长了见识。忽然觉得一夜之间又出现了那么多写诗、爱诗的人，这又激发了我对当前诗歌状态的关注和重新审视。同时写诗的激情又在我的身上还魂了。许多以前的诗友、朋友看到后，纷纷在博客中发纸条、留言、评论，给予了我莫大的指导、支持和鼓励。

我所居住的城市，是一个宜人、宜居、宜诗的国际化旅游城市。能够有幸生活在这样一个山清水秀、人杰地灵、徽文化博大精深的地方，生于斯，长于斯，无疑是我一生的荣幸。我的大部分诗歌都与这里的生活、这里的山水有关。

在我最近写的大部分诗歌作品中都非常注重意向、情节、心境的自然流露，在写作的形式上不拘一格，呈现出一定的自由度，诗歌仿佛是信手拈来，水到渠成。一直以来把写能让普通大众都能看得懂的诗歌作为一种精神和艺术上的追求。正如我在博客中所介绍的诗观一样，隐去曾经的一切，隐去浮躁的心，安静下来读些洗涤灵魂的诗，写出灵魂深处的绝唱。不求名，不逐利，只求生活中的诗意，只求诗意中的生活。

最后，感谢重庆市政府文学奖获得者唐诗博士百忙中抽出时间为拙作题序。感谢台湾九十岁老兵鲍德建先生亲自为诗集题写书名。感谢泛徽州诗社全体成员及一起走过的日子。感谢全国各地的诗友、网友以及我亲爱的粉丝。

谢谢你们。

2017年1月3日